À Sara « Lacroix » la fille qui entraîne au football.

Benoit Roberge

ÉPAR PILLÉ

À Guy A. Lepage,

merci pour l'invitation à *Tout le monde en parle.*

Québec
Crédit d'impôt livres
Gestion SODEC

Gouvernement du Québec – Programme de crédit d'impôt
pour l'édition de livres – Gestion Sodec

info@lesmalins.ca

Éditeur: Marc-André Audet
Conception de la couverture: Francis-William Rhéaume
Mise en page: Geneviève Guertin

Dépôt légal – Bibliothèque et Archives nationales du Québec, 2010
Dépôt légal – Bibliothèque et Archives Canada, 2010

ISBN : 978-2-89657-057-7

Imprimé au Canada

Les éditions Les Malins
1447, rue Wolfe
Montréal (Québec)
H2L 3J5

– Que faites-vous du matin au soir ?

– Je me subis.

CIORAN

Il y a l'amour. Et puis il y a la vie, son ennemie.

JEAN ANOUILH

I

1
Premier pas

L'été s'installe, tout est possible. Je marche au cœur de l'après-midi sous un ciel d'une limpidité désarmante. Le vent doux comme un ami bienveillant transporte avec modération une chaleur rassurante. J'ai le pas affirmé, le pouls régulier, et mes organes internes occupent dans l'harmonie la plus complète leurs fonctions respectives. Sur mes lèvres se dessine le sourire de l'imbécile heureux, sur mon front détendu, la béatitude du promeneur sans malice. Montréal sent le lilas et le vin rosé. L'engourdissement jouissif du dîner qu'on prolonge donne à la faune des terrasses un air de fête. Comme un mobile verdoyant, les feuilles des arbres s'inclinent lentement pour saluer dans leur chute libre la lente agonie des samares. Il y a de ces rares moments où la pensée s'obstine, s'arrête sur un point précis et envoie du même coup au corps tout entier une vive sensation de bien-être. Je me sens dégagé de tout souci. Un illuminé du vendredi dans les rues du Mile-End.

Permettez-moi de mettre tout de suite une chose au clair : cet après-midi de juin n'a rien de particulier et je suis loin d'être béat et sans malice. Cet après-midi est des plus ordinaires et je me sens tout aussi tourmenté qu'hésitant. En fait, tout se joue dans ma tête de rêveur qui refuse le réel et essaye tant bien que mal de le maquiller. Premièrement, les érables n'ont rien à foutre de leurs samares, et encore moins de la chute libre de ces dernières. Une fois détachées de l'arbre, ne sont-elles pas déjà mortes ? On repassera donc pour la lente agonie.

Une odeur de lilas et de vin rosé. Pas du tout. Montréal sent ce qu'une ville sent généralement, c'est-à-dire la poussière, la pollution et l'asphalte chauffée, en plus d'un mélange d'effluves divers venus d'on ne sait où et plutôt embêtants à définir. Oui, d'accord, il y a bien un fond de lilas quelque part, mais surtout pas d'arôme de vin rosé. Pour ça, il aurait fallu que j'aille fourrer mon nez dans le verre de cette quinquagénaire aux talons rugueux qui, sur la terrasse de la Croissanterie, lit du Marie Laberge absorbée comme une carmélite devant une reproduction du saint suaire. D'accord, j'ai jamais vu de carmélite s'extasier devant l'empreinte faciale du Christ, mais, je vous l'ai dit plus haut, c'est plus fort que moi, il faut que je maquille. Parce que sans maquillage la vie me paraît fade, monochrome et aussi peu surprenante qu'une reprise de Séraphin à Radio-Canada. « Hier, j'ai croisé sur la rue une fille qui avait de beaux mollets. » On voit le portrait, mais on garde les pieds sur terre. On n'est pas en train de délirer. On s'englue tristement dans la banalité. « Hier, j'ai été pétrifié par une fille sublime dont le corps tout entier semblait amoureux de ses mollets. Aussi dorés et scintillants qu'une statuette de gala, ils traversaient l'espace avec l'air assuré d'un mannequin norvégien sur un *catwalk* de Milan. » Difficile de dire laquelle de ces deux descriptions correspond le plus fidèlement à la réalité.

Qu'en était-il vraiment de ces fameux mollets ? À moins d'avoir été là, vous ne le saurez jamais. Voilà, je tenais à vous mettre en garde sur les maquilleurs de mon espèce, et à vous demander malgré tout, à partir de maintenant, de bien vouloir accepter tout ce que je vous raconte.

2
Les grandes illusions

En vérité, aujourd'hui, en plus d'être tourmenté et hésitant, je me sens mélancolique. J'ai très facilement le vague à l'âme, particulièrement l'été. On passe tellement de jours à l'attendre qu'une fois qu'il est arrivé, on ressent le besoin d'être heureux à tout prix. Cette saison passe en coup de vent, comme un jour de fête. Et pourtant, chaque printemps, on s'illusionne et on échafaude de grands projets: «Ah! Moi, cet été, je me louerai un chalet, orientation sud-ouest, tout en pin, avec une petite terrasse au deuxième étage. Je vais me trouver une vieille mobylette pour aller faire les courses. Je pense aussi m'acheter un chien. Un Boston terrier à l'odorat surdéveloppé et aux yeux globuleux, une belle bête musculeuse et intrépide. Nous irons ensemble chercher des brioches au village. Je l'aurai sur moi, boudiné, dans un sac à poche kangourou. Nous fendrons l'air au son du moteur deux temps. Un jour, je nous mettrai chacun un casque d'aviateur en cuir brun sur la tête et je nous prendrai en photo, ensuite je la ferai encadrer et la mettrai dans le vestibule du chalet pour que tous les nombreux amis que j'inviterai, en orchestrant bien sûr une savante rotation pour ne négliger personne, puissent le voir et s'extasier: "Toi, t'es un spécial!"

«Je vais jouer au tennis, je te le dis, minimum quatre fois semaine. Et je changerai ma raquette. Oui, c'est vrai, j'ai connu de bons moments avec ma Wilson Pro Staff, j'ai même foutu une raclée à ce Français insupportable qui se vantait d'avoir suivi dans sa jeunesse des cours avec Yannick Noah. Mais qu'à cela ne tienne, cet été je la changerai pour une Babolat Drive-Z, une raquette de magicien, toute en finesse et en précision, qui va me permettre de décroiser de brillants revers et de croiser de brillants regards, admiratifs, béats, voire carrément en pâmoison devant mon style. Je vais refaire ma garde-robe. Il est hors de question que je porte un été de plus mes vieux capri beiges. Non, cette année je mets mes cuisses d'athlète en évidence. J'oserai le short American Apparel combiné au V-neck de couleur fluo. Avec ça, j'aurai l'allure chill et nonchalante du beach bum urbain désabusé, et j'attirerai des filles comme dans leur publicité, c'est-à-dire très jeunes, cernées, bisexuelles obligées et tout aussi libidineuses qu'écartillées.

«Je vais écrire aussi, ça, c'est une promesse. Des nouvelles, un journal, un roman, je sais pas encore, mais je vais écrire. À l'aube, très tôt, quand la ville dort encore. Très tôt, même si je me suis couché tard la veille. Je vais me lever chancelant, mais je vais me lever. Livide et fragile tel un poète maudit, je me ferai bouillir du thé vert pour diluer les relents d'alcool en moi. Tout en m'allumant une cigarette, j'aurai une petite pensée pour Gainsbourg et ses célèbres volutes bleues. Je l'imaginerai rentrant à pied d'une nuit blanche dans les bars de Paris, couchant sur le papier, une fois chez lui, les premières lignes d'un tube provocateur qui traversera les modes et les époques. Je penserai ensuite au génie de Flaubert, à sa rythmique parfaite, à ses phrases habilement ciselées, à ses centaines de pages sublimes, à ses milliers d'heures passées à hurler ses mots dans son gueuloir, à toute la rigueur et la discipline qu'exige l'écriture, et une fois bien étourdi par la tâche à venir, je retournerai me coucher, persuadé qu'il vaut mieux laisser l'inspiration venir et qu'attendre au lendemain pour commencer à mitrailler le clavier est une sage décision.» Promesse estivale quand tu nous tiens. L'été dernier, je caressais sensiblement le même lot d'ambitions, et mis à part un désastreux week-end de camping en Gaspésie, durant lequel j'avais contracté une virulente mycose du gland, je n'avais pratiquement rien fait. Pas de chalet, peu de tennis et surtout pas d'écriture. Au menu : éparpillement oisif, culpabilité mordante et désolation généralisée. Mais revenons un instant sur cette inflammation gênante, devenue dès lors ma porte-parole anti-plein-air, l'argument dissuasif massue contre tous les pro-camping du monde entier.

3
Balanite

De toute évidence, cette fille m'avait drogué pour me convaincre d'aller dormir illégalement dans une tente à la frontière nord des Appalaches. Drogué, ou simplement convaincu grâce à une moue lubrique que rien n'égalait une partie de jambes en l'air au milieu du parc Forillon, le sexe à l'état pur dans la séduisante et sauvage Gaspésie. De nature influençable et toujours enclin à pénétrer de nouveaux milieux, je me retrouvai rapidement en train de gravir un sentier tout aussi étroit et humide que sinueux et escarpé.

J'avais le front moite et l'aine suintante, les bras comme des essuie-glaces balayant le plus efficacement possible malgré la panique tout un essaim de mouches noires. Pour être plus précis, disons qu'il s'agissait d'insectes perfides et gloutons envoyés par un esprit malin pour me gâcher l'existence. Des explorateurs vrombissants, des oto-rhinos volants miniatures, obnubilés par mon canal auditif et dominés par le désir de rencontrer en personne mon marteau, mon enclume et mon étrier. Je me mis à rêver d'un sursis. Du sommet et de son vent frais. D'une trêve d'attaques de trompes arracheuses-suceuses. Bref, du paradis sur la cime. Mais le pire m'attendait, car j'atteignis rapidement, pour seul sommet, celui de mon désagrément. Une fois en haut, la forêt était si dense qu'on voyait à peine le ciel, l'unique vent qui sifflait à mes oreilles était celui d'un acouphène gracieuseté de mon énervement. La suite des événements n'allait guère m'apporter plus de satisfaction. Il y eut d'abord ce *ration pack* aussi goûteux et appétissant qu'un haut-le-cœur. Une bouillie infecte vendue par mon accompagnatrice qui, avec une étincelle de fierté dans l'œil, me la présenta comme la nourriture sous vide favorite des soldats de l'armée britannique. De toute évidence, on ne saurait qualifier ces gars-là de fine bouche. Et comment oublier notre matelas de sol prodigieusement inconfortable, « la quintessence de la flexibilité et de la minceur, tu vas voir », m'avait-elle lancé avec enthousiasme. Comme il ne s'agissait pas d'une serviette hygiénique, je ne voyais pas en quoi ces deux attributs pouvaient représenter des qualités pour un objet censé favoriser le sommeil en pleine nature. Stimulée par le parfum aphrodisiaque de la gomme d'épinette, ma guide devint, une fois la nuit tombée, une tigresse insatiable (ou plutôt un lynx canadien en rut) que l'isolement et l'altitude rendirent horriblement bruyante et follement agitée. L'orgasme fut toutefois simultané : elle jouit en même temps que la tente s'effondra. Je parvins à feindre l'épuisement et réussis à dormir une grosse demi-heure avant les premières notes stridentes et matinales d'une grive des bois en déficit chronique d'attention.

À peine de retour sur les sentiers pour une passionnante journée d'observation, je commençais à me demander si le lichen des forêts n'avait pas pris mon bas-ventre pour une roche d'adoption. Entre deux exclamations d'admiration feinte devant l'étonnante symétrie d'une toile d'araignée, je me grattais aussi discrètement que faire se peut. La démangeaison s'accentuait à chaque foulée. Je réussis à jeter un coup d'œil furtif sur l'épicentre de mon malheur. Stupeur et tremblements ; j'étais en présence d'un corps étranger. Je ne reconnaissais plus ce compagnon de longue date tant il était déformé par les rougeurs et l'enflure. J'étais à ce moment bien loin de me douter qu'il s'agissait d'une balanite (terme issu du grec, qui, selon le médecin décoré de mille et une attestations qui se montra imperturbable devant la nature bénigne de mon inconfort, voulait dire : balanos, gland). Une vulgaire inflammation sous le prépuce, causée généralement par un manque d'hygiène chez l'enfant, ou par la très mauvaise idée d'aller faire du camping sauvage sans avoir l'endurance de Bernard Voyer, chez l'adulte. Je n'espérais plus qu'une chose : retrouver mon glaive d'antan. Je dis glaive, mais petit couteau suisse multifonctionnel serait plus approprié. Parce que je n'ai rien d'un preux chevalier en cotte de mailles parcourant des kilomètres sur sa monture pour aller conquérir une princesse hystérique ligotée dans les douves desséchées d'un château abandonné. Mais je ne suis pas non plus un scout agile et malin capable d'affûter une branche de mélèze pour en faire une lance pouvant transpercer convenablement le petit gibier farouche. D'accord, mon sexe n'avait rien d'une arme tranchante quelconque, c'était un appendice de peau flétrie, tellement fripé qu'il commençait à ressembler à un accordéon.

J'avançais péniblement et l'inquiétude me gagnait. L'arrière-train rebondi de celle qui me précédait ne me disait plus rien. Je me foutais royalement des soixante-trois espèces végétales qu'abritait cette forêt. Je n'avais pas non plus envie d'écrire un poème sur l'écorce arrachée d'un bouleau à papier. Encore moins d'essayer de capturer une rainette, agenouillé dans un sous-bois vaseux. J'avais simplement envie de retrouver un sexe jovial et candide au pH équilibré. Je rêvais de l'immerger dans un bain de yogourt nature émollient, dans une cascade d'eau de source apaisante. Allait-il s'en sortir ? Et, surtout, allait-il me pardonner de l'avoir emmené de manière si insouciante dans la jungle gaspésienne ? Lui de nature si peu aventurière, et habitué au confort citadin. « Accroche-toi, mon vieux, lui lançai-je de mon ton le plus caressant. Si tu survis, je te cajolerai au savon doux recommandé par les dermatologues et te brumiserai quotidiennement à l'eau thermale pour le restant de nos jours. » Lorsque la démangeaison atteignit le stade où l'amputation m'apparut comme une heureuse alternative, je craquai. Calant mes capri beiges aux genoux, j'exposai ma meurtrissure au grand air en hurlant à la façon d'un homme préhistorique. Les yeux écarquillés, horrifiée à l'idée d'avoir englouti antérieurement pareil champignon, ma compagne s'évanouit. Au milieu du sentier, exposé et vulnérable, ma mutation violacée en main, je me surpris à espérer qu'un ours moins dédaigneux vienne à passer et qu'en une bouchée m'entraîne vers des cieux plus cléments. Là où, délivré des souffrances du corps, l'âme s'apaise et le cœur virevolte.

4
Justifications viriles et théorie béton

Je n'ai jamais revu cette fille. Tout comme l'enflure, en moins d'une semaine elle avait disparu. Par contre, j'ai tenu parole et je porte depuis un soin jaloux à mon appareil reproducteur. Certains condamneront peut-être mon insistance sur cette balanite passagère. Voilà pourquoi, avant de reprendre où j'en étais, en ce début d'été radieux à Montréal, je tiens à me justifier en rendant à la fois hommage et justice à ce corps tantôt spongieux, tantôt caverneux qui est le mien. Qui est le vôtre aussi, pour ceux et celles (une minorité de « elles », j'en conviens) qui l'ont toujours en leur possession, intact et fonctionnel. Ce prolongement qui n'est nul autre que la canne de l'explorateur aveugle, le bâton de pèlerin du cueilleur de miracles, la sonde multisensorielle du reproducteur sélectif, la chatoyante épée laser du Jedi conquérant, ou toute autre métaphore boiteuse qui pourrait vous venir à l'esprit. Puisque, par la semence fertile qu'il dissémine, il est à l'origine du monde. Et, je vous en prie, ne me rebattez pas les oreilles avec le récit soporifique de la naissance d'Adam à la côte amovible, ou avec le choc d'un météorite contre un glacier, ayant engendré un petit protozoaire souffreteux et ambigu sexuellement. C'est au pénis que l'on doit les conquêtes sanglantes, l'exploration hasardeuse de nouveaux territoires et l'avancée de la science. Cette envie de « plaire pour mieux le satisfaire », Jacques Cartier, Louis Pasteur et Vomkor Glonk le guerrier édenté l'avaient comprise. Sans lui, pas de voyages, de risques et de combats sanglants, et surtout pas de dorure sous la ceinture. Car, c'est bien connu, les femmes aiment ce qui brille. Et ce, même si tout ce qui brille n'est pas or. Ce qui fort heureusement élargit le spectre des heureux élus.

Je m'en voudrais ici de ne pas partager la théorie du « batte » chromé que m'a communiquée mon ami Big Lord, comédien exubérant et ancien dandy à la retraite, un soir de dérive alcoolisée. Le terme « batte » est assez puéril, j'en conviens, mais il a le mérite de traîner avec lui tout un lot de réminiscences enfantines évocatrices. Ce « batte » incontrôlé et incontrôlable qui se dressait pour un rien. Vous conviendrez avec moi que l'amorce d'une bretelle de soutien-gorge couleur chair aperçue à l'aide d'une longue-vue depuis le toit d'un cabanon n'est pas grand-chose. Ce « batte » astiqué fébrilement à toute heure et en catimini. Cette compulsion dont aucune victime ne souhaitait réellement guérir. Pour que ce « batte » anonyme devienne aussi convoité qu'un brillant diadème dans un congrès d'aspirantes princesses, nous aurions vendu nos mères, ou tout simplement un vieux tire-pois. Malheureusement, dans l'imaginaire collectif, aucun tire-pois n'a jamais représenté un objet doté d'une valeur émotive considérable.

– Dans un bar, tu pourras jamais rivaliser avec un « batte » chromé, m'avait-il dit, le sourcil relevé, au-dessus de tout comme d'habitude.

– T'es sûr de ça ?

– Pas si y'est plus chromé que le tien en tout cas. Impossible. Parce qu'y a une gradation, mon vieux.

– Une gradation ?

Répéter le mot-clé de la phrase de son interlocuteur sous une forme interrogative est une bonne façon de se montrer intéressé sans déployer trop d'efforts.

– Oui ! Directement emprunté des Olympique : bronze, argent, or.

– Toi, t'es quoi ?

– Moi, ben... j'oscille entre l'argent et l'or, tout dépendant si je me tiens en ville ou en région. T'sais, la télé, ça marche encore fort en campagne. Pis, quand y ont juste un poste qui rentre, ça tombe bien, c'est le mien !

– Mais avant bronze, y a rien pantoute ?

– Inquiète-toi pas, tiens-toi avec moi, tu vas voir, tu vas reluire par association.

– Merci, monseigneur, vous êtes un homme bon et miséricordieux. Un pilote de formule 1, c'est quoi ?

– C'est or, voyons !

– Donc, toi pis un pilote de formule 1, vous êtes pareils ?

– Attends, là, y a toute une histoire de carats là-d'dans, quatre, douze, dix-huit. Y a les couleurs aussi, l'or rouge qu'on mélange avec le cuivre, l'or jaune, le gris, le blanc, y a des nuances. Le monde de la dorure, c'est subtil, c'est fascinant, c'est infini !

Je me souviens que ses yeux brillaient comme ceux d'un lutin diabétique sur un buzz de Lucky Charms. Je me rappelle aussi d'un interminable échange à savoir qui, dans les différentes sphères professionnelles, était plus chromé que qui. De la perte de temps de haut niveau. De véritables spéculations d'adolescents attardés. Malgré l'évidente insignifiance de l'opération, l'envie de comparer tout ce qui bouge me reprend à l'occasion, par surprise, comme une vieille dépendance à l'héroïne qui referait surface. Le facteur détrône-t-il le boulanger ? L'escrimeur rivalise-t-il avec le marathonien ? Un vendeur itinérant a-t-il des chances contre un éducateur en garderie ? Peut-être, mais pas si l'éducateur est pompier volontaire le week-end. Oui, mais si le vendeur sait habilement mentir et onduler du bassin ? Et si l'éducateur souffre de calvitie et l'autre de mauvaise haleine ? Est-il plus pénible pour une femme de devoir s'empêcher de passer une main amoureuse dans une tignasse bien fournie, ou de s'arrêter de respirer le temps d'un langoureux french kiss ? Préfèrent-elles un homme immunisé contre la scarlatine à force d'éponger le mucus verdâtre de bambins pestiférés, ou un gentleman à la chambre à coucher remplie d'échantillons de shampoing et de brosses à cheveux miniatures ?

Pour en avoir le cœur net, il faudrait interroger les femmes. Compiler rigoureusement les données. Effectuer un véritable travail de moine. De longs mois de recherches pour en arriver à se demander si l'éducateur X a le « batte » plus chromé que le vendeur Y. Tout cela en vaut-il la peine ? Certainement pas. Par contre, si l'idée de poursuivre l'enquête vous tenaille, si vous êtes incapable de laisser cette histoire irrésolue, restez calme et sachez que je ne vous juge pas. Au contraire, je sympathise avec vous. Seriez-vous comme moi une victime des jongleries polluantes de votre cerveau ? Le cerveau, cette peste qui ne dort jamais, ce verbomoteur hyperactif et imprévisible qui, pour fuir l'écrasante réalité du quotidien, se lance dans l'élaboration de questionnements absurdes et inutiles. La question à se poser serait plutôt : est-il possible de le faire taire sans médication puissante ni électrochocs ? Serait-il opportun d'investir dans la consultation assidue d'un professionnel de la santé mentale ? Si vous le permettez, nous y reviendrons plus tard, car l'été s'impatiente et une table vient de se libérer sur la terrasse de la Croissanterie.

5
Lonely Planet

Je fais maintenant partie d'un groupe et cette idée m'apaise. De promeneur anonyme, je suis devenu client respectable d'un endroit à la mode. Si un photographe du Lonely Planet venait à débarquer en catastrophe pour croquer l'établissement, j'avouerais m'en être sorti de justesse. Deux minutes plus tôt et j'étais cuit. Pour l'éternité et aux yeux du monde entier, j'aurais été le Montréalais errant, l'indésirable flâneur flou du trottoir. Les plus inquiets y auraient sûrement vu un désinstitutionnalisé à la sérotonine déficiente. Là, par contre, crayon mâchouillé en bouche et manches retroussées aux trois quarts, manipulant ma tasse comme s'il s'agissait d'un petit objet d'art, j'affiche le calme déconcertant du créatif prospère. La nonchalance convoitée du poète urbain qui a l'après-midi devant lui. Tous les futurs touristes s'émerveilleront devant cette image et s'y projetteront. En observant minutieusement la photo du célèbre guide de voyage, chacun choisira son personnage favori.

Sur ma gauche, à la table voisine, je détaille d'un peu plus près celle que j'avais tout à l'heure baptisée la quinquagénaire aux talons rugueux. Les yeux rivés à son livre, elle incarne avec un naturel déconcertant l'apaisante sérénité des gens en vacances. C'est à elle que la plupart des femmes s'identifieront en regardant la photo. Elles rêveront, elles aussi, de boire une spécialité du Jura à petites lampées en savourant les mots choisis d'une auteure à succès. Bien sûr, dans l'anticipation aveuglante du voyage, ces aventurières ne voient que le beau, ignorant complètement le désarroi lancinant de cette étrangère qui, entre deux chapitres, repense, mélancolique, aux années monokini sur les plages de la Côte d'Azur. L'effervescente période d'avant que le corps ne décline. Celle du ventre plat et du déhanchement provocant que personne n'aurait osé à cette époque qualifier de disgracieux. Les seins qui fendent l'air, caressés par le vent du large. Une poitrine ferme et invitante transformée en laissez-passer double pour une nuit décadente avec le partenaire de son choix. Je voudrais bien qu'elle repense aux actes notariés qu'elle a brillamment su rédiger au cours de sa carrière, mais, comme la majorité des êtres humains normalement constitués, elle repense en premier lieu aux instants de pur bonheur. Aux événements bruts et jouissifs qui ont solidement tatoué son épiderme. Concrètement, c'est le sexe niçois de Rodriguo, le maître-nageur du Méridien, qui lui revient en tête. Le bouche-à-bouche désaltérant et le va-et-vient rédempteur qui l'ont moult fois réanimée. Parmi le grand palmarès des souvenirs lointains, il y a bien sûr l'odorante splendeur des champs de lavande à Aix-en-Provence ou le ciel enflammé au-dessus de Marrakech, mais, la mémoire étant un outil sélectif, l'anguille du lifeguard et son électrisante décharge se hissent au premier rang.

6

La serveuse londonienne aux lunettes surdimensionnées

– Salut, qu'est-ce que je te sers ?

– J'vais prendre une tasse de café au lait.

– Rien à manger ?

– Non, juste un p'tit latte.

– Un café au lait ou un latte ?

– ... ?

– Y a deux espressos dans le latte, un seul dans le café au lait.

Un instant. Je dois à tout prix suspendre cet échange technique et vous décrire la serveuse londonienne aux lunettes surdimensionnées. Parce que je n'ai pas envie de me fier à votre imagination débridée. Je ne voudrais surtout pas que quelqu'un la massacre et ose lui brouiller les traits. «Ah ben oui, j'sais de quoi tu parles, chu déjà allé à Londres, pis dans le kiosque à souvenirs à côté du Big Ben, la tite fille avait des grosses maudites lunettes, une affaire pas possible. C'tait une tite boulotte comme ma nièce, t'sais le genre maladroite, mais qui compense par un beau grand sourire, oui oui, j'vois le portrait. » Non, tu vois pas du tout. Tu bousilles tout. Je vous en prie, cessez tout de suite d'imaginer quoi que ce soit. Ne le voyez pas comme une insulte à votre intelligence, mais plutôt comme une fine obsession du détail et une volonté de partager le plus fidèlement possible mon illumination foudroyante. Parce que dans la vie, rien n'est à négliger, surtout lorsqu'il s'agit d'une brunette stylisée vaporisant candidement sa grâce dans la douceur de juin.

Pour se tenir en équilibre et se mouvoir avec fluidité dans l'espace, elle porte des souliers plats du genre petite Chinoise soumise. Aux pieds d'une granola défraîchie, ces mocassins provoqueraient chez moi une profonde répulsion, mais elle, elle les porte divinement bien. L'ouverture sur le dessus laisse deviner un pied blanc et tendre au bout duquel fleurit un crescendo d'orteils savoureux et morphologiquement parfaits. Pour la saveur, je sais, j'anticipe effrontément. Mais comme j'aime anticiper, je dirais nougat suisse et miel d'Orient. Les chevilles sont fines. Mais je devrais les qualifier autrement parce que des chevilles fines on entend ça tous les jours. Tous les livres en sont truffés.

C'est commun, des chevilles fines. C'est banal. C'est comme des joues creuses, des nez aquilins et des mentons proéminents.

Malheureusement, trop de personnages se retrouvent malgré eux avec des nez aquilins. Une petite épithète passe-partout qu'on nous refile pour nous endormir. L'auteur l'adopte-t-il par paresse? Ou bien en aime-t-il à ce point la sonorité et son effet? Faites un sondage dans la rue: peu de gens sauraient dessiner un nez aquilin. « Ah le beau prince avec son nez aquilin et son menton proéminent. Ne pleure pas, ma chérie, il va arriver à la rescousse de la belle empoisonnée, tu vas voir. » « Aquilin: fin et recourbé en bec d'aigle. » *(Le Petit Robert)* Ne le dites pas à vos enfants (on vous qualifierait de voleur d'enfance), mais le beau prince sur lequel on a tant fantasmé a un petit nez crochu de buse perfide et le menton caricatural d'Averell Dalton.

Nul doute que d'un point de vue purement rationnel cette cheville est fine, mais elle est aussi l'incarnation d'une architecture osseuse en parfaite harmonie avec le reste du corps. Un joyau de jonction entre la jambe et le pied.

– O.K., j'vais prendre un café au lait. Ça fait plus français. Plus jeune Parisien du sixième arrondissement qui attendrait une fille place Saint-Sulpice. Le genre Fabrice Luchini.

Elle a souri. Je crois même qu'elle a émis un son, quelque chose qui ressemblait à un rire. Je ne sais plus. Tout se passe vite quand le pouls passe de soixante-dix à cent vingt battements minute. Mon cerveau se convainc qu'il a le feu vert et ma bouche en rajoute.

– Y paraît que Luchini se tenait à la Croissanterie quand y est venu à Montréal.

– Malheureusement, dans ce temps-là, je travaillais pas ici…

Et elle laisse flotter. Rêveuse. Visiblement encore contrariée de ne pas s'être trouvée à la bonne place au bon moment. Moi aussi je crois rêver. Des filles qui connaissent Luchini, ça ne court pas les rues, et sur les rares qui le connaissent, il n'en reste pas un gros pourcentage qui regretterait de l'avoir loupé dans un café. Et sur celles qui regretteraient de l'avoir loupé dans un café, combien ressemblent à cette fille ? Hein ? Combien ? Là, je commence doucement à paniquer et, fidèle à mon habitude, à me faire des idées.

7
Maudit Français

Son corps parle. Tout m'indique qu'elle aurait souhaité avoir une aventure avec lui. Elle aurait voulu qu'il l'attende pour boire un kir à la fin de son quart de travail. Qu'il lui tienne la main sur le mont Royal en imitant Rimbaud sur l'absinthe, vantant les mérites de l'Amérique et de ses grands espaces. Il aurait hurlé en postillonnant : « La place Ville-Marie, tu vois, c'est un i ! C'est un i majuscule ! Un grand i droit, dressé comme un sexe rougi par l'ivresse, imbibé de sentiments troublants. » Et il aurait fait une petite pause pour mieux reprendre : « Ivre et imbibé, comme moi en ce moment sur ce belvédère qui, sur un panorama hors foyer, te regarde te détacher, nette, sublime, impossible. » Il aurait baissé la tête, dissimulant une fausse timidité. Il aurait répété à mi-voix : « Impossible. » Et elle aurait craqué. Je la comprends parfaitement. J'aurais espéré la même chose. Un poème ? Lui tenir la main ? Pourquoi pas ? Oui. Certainement. Pour m'entretenir avec le comédien français le plus hallucinant de notre époque, je serais passé par-dessus les regards en biais et les préjugés. Luchini, le maître de la citation, le génie à la voix haut perchée, l'autodidacte fascinant qui, sur un plateau de télé, parvient à clouer le bec de tous les intellectuels pompeux et autosuffisants. Comme il le dit lui-même: «Y a pas à comprendre, y a à sentir!» Luchini, je l'admire depuis des années. J'ai vu pratiquement tous ses films. Au TNM[1], en 2006, j'étais là, et deux soirs plutôt qu'un. J'ai vu la magie opérer et tous les m'as-tu-vu montréalais et les vieux gagas snobinards, anesthésiés et pragmatiques, sortir de là comme envoûtés, la mâchoire disloquée, la gueule à terre.

Oui, je l'aimais, Luchini. Je l'aimais. Parce que là, en ce moment, à la minute même, à cet instant précis, je réalise que je ne serai jamais lui. Je n'ai ni son panache, ni sa flamboyance, ni son passé. À dix-huit ans, je ne tournais pas des films d'auteur avec Éric Rohmer. Non, à dix-huit ans, je jouais de la guitare dans un parc, assis en Indien, à faire répéter une chanson aliénante à des enfants réunis davantage par désœuvrement estival que par réel enthousiasme. Je devrais tout de suite cesser de me rabaisser. J'ai toujours eu un bon sens de l'humour,

1. Théâtre du Nouveau Monde, Montréal

mes amis me trouvent drôle et je sais raconter une histoire sans oublier le *punch* à la fin. Des poèmes, je peux moi aussi en apprendre par cœur. Une bouche pincée, de grands gestes et une voix aiguë, ça se travaille. Oui, tout va bien. Non, c'est n'importe quoi. Aux yeux de la serveuse londonienne aux lunettes surdimensionnées, je ne resterai, dans le meilleur des cas, qu'une pâle copie de Luchini. Le Luchini des pauvres. Mon monde s'écroule. Je perds tout espoir. Ma vie est finie. Des sueurs froides escaladent ma nuque. Je panique carrément.

Je n'ai soudainement plus envie de faire le malin, plus envie de faire du style pour vous la décrire. Cette fille est belle. Cette fille me plaît. C'est pas suffisant ? Je me fous que son sexe soit enfoui sous des broussailles millénaires ou qu'il soit lisse comme un raisin de Corinthe. Qu'elle soit dyslexique, hypoglycémique ou végétalienne. Cette fille est belle, cette fille me plaît et il y a Luchini qui se tient entre nous. « Luchini, j'te déteste. À l'avenir, tu resteras chez toi. Ne viens plus en Amérique, d'accord ? T'as peur de l'avion, y paraît ? Tu fais bien, parce que quand ça tombe, un avion, ça tombe raide. Tu verras que lorsqu'elle sort d'une bouche édentée, la poésie de Baudelaire perd de son charme. Le fauteuil roulant n'est pas non plus la meilleure option pour émoustiller les femmes, toi qui aimes tant te trémousser en parodiant Johnny Hallyday. Alors, tu comprends, mon p'tit Fabilou, vaudrait mieux te la jouer pépère à la maison. Contente-toi d'emmerder ton public régional avec tes simagrées calculées et continue de faire du millage sur le dos des grands auteurs. Parce que toi, on le sait bien, t'es pas foutu d'écrire quoi que ce soit d'original. Toi, t'es un perroquet, tu jacasses, tu fais le beau ; la scène, c'est ton perchoir. T'es toujours sur le même ton. Strident. Désagréable. Que tu sois professeur, comptable ou Beaumarchais l'insolent, au cinéma tu joues toujours pareil, t'as pas de nuance, c'est à se demander ce que tu fais tant au réalisateur pour te faire engager comme ça. Vieux con de Français. Emmerdeur. Raclure. »

– Les femmes savent que l'amour n'existe pas, que seules les preuves d'amour existent.

La serveuse éclate d'un grand rire franc et mon pouls reprend du galon. Les sueurs froides s'estompent et je sens le chaud retour de l'espoir envahir mes veines. J'ai été irréprochable. Je me suis bien appliqué, ne négligeant pas de mordre dans chacun des mots.

– Ayoye, tu l'imites vraiment bien !

– Merci. Mais j'ai pas de mérite, Luchini, c'est mon idole. Quand on aime autant quelqu'un, on l'observe.

Je passe des catacombes à la lumière en claquant des doigts. Je suis le cowboy Marlboro guéri de son cancer du poumon qui revient au galop.

8
Savoir s'arrêter

– Donc, on a dit une tasse de café au lait…

Si je n'étais pas un jeune écervelé incapable de gérer ses épisodes bipolaires, je l'aurais laissé poursuivre sur son élan. On venait de l'appeler aux cuisines. Elle serait repartie, charmée et souriante, amusée par la fraîcheur de notre échange. J'aurais bénéficié d'une pause pour concocter ma contre-attaque, juste assez de temps pour réfléchir et m'assurer que les choses prennent la direction souhaitée. Mais dans ma tête, je suis une fusée de métal hurlant. Un missile de plomb affûté et indestructible. Je fends l'air à coups de boutades. Je n'ai qu'à cligner des yeux et je suis déjà plus drôle que Jerry Lewis et Louis de Funès réunis. D'accord, Seth Rogen et Will Ferrell seraient peut-être plus actuels.

– Excuse-moi !

– Oui ?

– Sais-tu à quelle heure y vient, le photographe du *Lonely Planet* ?

– … ?

– J'suis prêt à poser, moi.

Et là, j'avance les lèvres en fronçant les sourcils, le menton entre le pouce et l'index, genre comédien prétentieux sur sa photo de *casting*.

– … ?

– C'est parce que tantôt je… j'imaginais que quelqu'un prenait la terrasse en photo et…

– Désolée, y faut vraiment que…

Et elle s'éloigne. Et je bafouille des trucs inaudibles. Et je m'éparpille dans ma tête. Je patine sans patins : « Tu sais, le photographe de New York ? *Skinny jeans, greasy hair, small green scarf*? À grands coups de Nikon numérique, y arrête pas de "snapper", clac, clac, clac ! Ça te dit rien ? Vraiment ? Il fait toutes sortes de mouvements inutiles. Il gesticule. Dans ce genre-là… tu vois ? Non ? Tu vois pas ? J'suis un gros lourdaud qui délire ? Un petit con de client qui divague ? Un imbécile qui aurait dû finir l'échange sur un coup gagnant et se la fermer ? Oui, c'est clair. T'as raison. Je suis d'accord. Tu peux arrêter là. Laisse-moi me flageller tout seul. Laisse-moi conclure dans mes propres mots. J'ai tué l'embryon d'une romance estivale. J'ai incendié cette blonde prairie d'amour naissant. J'ai mis un X indélébile, cireux et noir comme la mort, sur notre bonheur futur. »

La femme aux talons rugueux a tout entendu et elle lève sur moi un regard empathique. Je sens qu'elle jetterait volontiers un baume sur ma déconfiture, le baume tiède et maigrelet de ses lèvres fardées de désirs refoulés. Je décline l'invitation d'un air fuyant et embrouillé. De toute façon, je dois évacuer les lieux, mon ego a sonné l'alerte rouge. Je tiens le stylo un peu trop serré dans ma main qui tremble. La serviette de table se déchire par endroits. Écrire rapidement pour être loin, le plus loin possible lorsqu'elle lira cette note.

« Mes excuses au photographe, j'ai dû partir en catastrophe, il peut me contacter au ldgz@rocket-mail.com. Même chose pour Luchini ! »

9
Combien avant la fin ?

De la terrasse en bois foncé, la vue est dégagée et on peut aussi bien apercevoir la croix du mont Royal que le mât du Stade olympique. Cet endroit qui a déjà été le théâtre de nombreux débordements festifs se contente d'accueillir cet après-midi deux tennismen erratiques, mais somme toute satisfaits de leur premier match de la saison. En partenaire bienveillant, ami attentionné et hôte généreux, le Général est parti concocter des rafraîchissements. Il devrait surgir de l'escalier en colimaçon d'une minute à l'autre. Accoudé à la balustrade, en grand mésadapté de l'ici et maintenant, je tente de saisir l'été qui m'échappe, mais ma sensiblerie mélancolico-nostalgique a le dessus, et le soleil qui décline me rappelle que le temps file. Bientôt, juillet sera là. Comme une *star* de passage, il sortira une ou deux fois de la limousine, enverra mécaniquement la main et retournera flamber ailleurs.

Combien d'étés encore? Combien m'en reste-t-il? Combien de soirées entre amis et d'ivresses réconfortantes? De canicules assassines et d'avertissements de chaleur accablante? Je me sens toujours privilégié lorsqu'au bulletin de dix-huit heures, un journaliste soucieux m'intime l'ordre de bien m'hydrater. Alors, combien d'avertissements attentionnés et de maternelles recommandations m'incitant à absorber des liquides? Combien de lèvres au parfum de vanille FPS-15 à croquer? De coups de soleil écervelés à enduire de lait hydratant? D'oreilles bouchées, sur l'autoroute, par le vrombissement du vent dans les fenêtres baissées? De bris d'égalité sur terre battue et d'ampoules à guérir? De lunes blanches et de nuits pleines? De grillons lubriques sifflant les vertus de l'échangisme dans des champs de débauche obscurs?

J'aurais envie de m'étendre et de poursuivre la liste. J'irais même jusqu'à me travestir un peu pour faire plaisir à tout le monde. Pour que le plus grand nombre se sente interpellé. Aujourd'hui, pour réussir, ne faut-il pas toucher la masse? Alors, combien de potagers à désherber en salopette de jeans, les genoux en feu? D'enfants hyperactifs, barbotant frénétiquement dans les coliformes munici-peaux de la piscine pudique, à surveiller ? De monarques virevoltants à chloroformer, puis à épingler sans remords sur du styromousse ? Bon, ça suffit. Je n'y crois pas. Quelle mauvaise idée que d'essayer de plaire à tout le monde. Chacun remplira bien son assiette de souvenirs avec ce qui lui chante. Si je préfère la nuque duveteuse et résignée de la collégienne en cours d'été, c'est mon affaire. Ça ne regarde que moi. N'essayez pas d'en savoir plus. Je ne me laisserai certainement pas aller à décrire la rotule du genou, parfaite, magnifiquement recouverte de peau de crêpe, petit bout de grâce à l'air libre, îlot paradisiaque entre le bas et la jupe, légèrement égratigné il y a une heure sur le cheval d'arçons et laissant deviner une inclination bouleversante pour les acrobaties de fin de soirée. Non. Ce n'est pas mon genre.

10
Summer of '84

Trente-cinq étés sont derrière moi. Déjà. Ça me paraît énorme. Énorme pour ce cœur mou qui pompe depuis tout ce temps sans s'arrêter. Jamais de faux pas. Toujours présent. Le même qui activait le dix-vitesses orange avec l'odomètre collé à la roue. Celui avec la gourde en plastique Norco accrochée à la barre oblique, celle qui sentait toujours un peu le ranci. Quarante-cinq kilomètres à l'heure dans une côte avec le vent dans les cheveux, les cheveux dans les yeux et la témérité de mes douze ans. La fierté d'être le capitaine d'une équipe de soccer pee-wee, de porter des bas blancs lignés bleu remontés jusqu'aux genoux et des Nike immaculés commandés dans le catalogue Sears. C'était l'été où j'écoutais les cassettes de ma sœur aînée dans un immense walkman à six batteries double A. Où je rêvais d'une fille plus vieille et inaccessible, bercé par *Rosanna* du groupe Toto. « *All I wanna do in the middle of the evening is hold you tight. Rosanna, Rosanna.* » Je n'avais aucune idée de ce que le chanteur racontait, mais je sentais bien que c'était douloureux et que Rosanna ne le laissait pas indifférent. J'avais l'impression de vivre la même chose que ce *lead signer* moustachu et trentenaire aux allures de gino italien, et ça me remplissait d'orgueil. Le pouvoir de la musique jumelé avec les étincelles de la passion naissante me rendait adulte et universel. Parce que tomber en amour faisait déjà partie à l'époque des incontournables de l'été.

Ma Rosanna à moi, malgré un visage asymétrique au milieu duquel sévissait un petit groin de porcelet rousselé, avait le mérite de savoir porter le polo Lacoste moulant. Sur la courbe arrondie d'une métamorphose adolescente à couper le souffle, le petit crocodile ne manquait pas d'attirer les regards. En effet, la compétition, comme des mouettes perfides au-dessus d'un *stand* à patates frites, tournait autour d'elle, tout aussi excitée qu'en BMX.

Je gardais mon désir pour moi seul, intimidé devant autant d'expérience et persuadé qu'il me faudrait davantage qu'un t-shirt Ocean Pacific pour me tailler une place dans le très sélect club de ses fantasmagories sentimentales. Je pouvais compter sur un F-16 Falcon modèle réduit pour occuper mon esprit et me distraire de l'inaccessible créature. Une goutte de colle pour le missile Air-Sol Maverick, une goutte de colle pour mon cœur éprouvé. C'était l'époque où les tabagies sentaient la joie de vivre et les cartes de baseball, où les chiens mordaient encore sauvagement et avec conviction les facteurs, où les ciné-parcs, sanctuaire du divertissement pour faune éclectique avaient la cote. Le ciné-parc avec son enseigne scintillante et multicolore que l'on apercevait de loin, fébrile et anxieux d'arriver à temps. La voix robotisée du répondeur était formelle, mais sans grande précision: «La projection débute au crépuscule.» Je revois la *station-wagon* jaune avec ses panneaux d'imitation bois que mon père garait astucieusement à reculons pour que l'on puisse profiter d'une projection en plein air. Assis sur la banquette inversée (gracieuseté des ingénieurs de Ford), le hayon arrière relevé nous protégeant en cas de pluie, rien ne pouvait gâcher l'instant, à part peut-être un problème de bobine qui chaque fois ne manquait pas d'être dénoncé par une succession furieuse de klaxons mal accordés. Je soupçonne aujourd'hui l'erreur volontaire; sans ces ratés, l'expérience, tout comme un gala de lutte sans capsule de faux sang, n'aurait pas été complète.

11
Le Général Tidéchet

– Avoue-le donc qu'tu m'as laissé gagner ! ? lance le Général en déposant sur la table un pichet de thé glacé d'inspiration Martha Stewart ainsi qu'un assortiment de grignotines allant des olives grecques dénoyautées aux amandes bio à la fleur de sel.

Le Général, dont le sobriquet entier est Général Tidéchet, non pas en l'honneur du personnage de bande dessinée, mais plus spécifiquement pour illustrer son intarissable besoin de tout ranger. Parce que Tidéchet aime l'ordre et le respect de l'ordre. Il ne tolère pas l'indésirable. La vue d'un capuchon de stylo orphelin le met hors de lui. Tout ce qui croustille, s'effrite et s'émiette est son ennemi juré. Les papiers gras, les bouts de ficelle, les canettes vides, rien ne lui échappe. Son œil est tout aussi aiguisé que sa main est rapide. Dans l'exercice de ses fonctions, il pivote, bondit et s'active comme un personnage à ressort.

Tidéchet est le robot ménager que la science ne nous a pas encore donné. L'aspirateur central affectueux, capable d'écouter et de soutenir une conversation. Trier, compiler, répertorier, administrer et gérer le déchet le plus efficacement possible est au cœur de ses priorités. Il est le gourou des opérations sanitaires. Le maître incontesté du recyclage et de la récupération. Le dieu suprême et tout-puissant de la propreté. Méthodique, rigoureux, efficace. Trois qualités qui l'ont également mené à se tailler une place de choix en télévision, un milieu où savoir manœuvrer entre les ordures est plus utile qu'on pourrait le penser.

– O.K., j't'ai laissé gagner, j'avoue. Comme un p'tit cadre licheux avec son patron s'un terrain d'golf. J'me dis que si j'veux continuer d'profiter d'ta terrasse, pis d'tous les avantages connexes, chu mieux de rester dans tes bonnes grâces.

– T'es con.

Parce qu'il faut l'admettre, Tidéchet est un billet VIP ambulant, un « *access all areas* » sur deux pattes. Avec lui on ne fait jamais la file pour entrer nulle part. Les factures de restaurants disparaissent comme par magie, et il n'est pas impossible de voir une agente de bord, sourire en coin, nous inviter à passer de l'économique à la première (ce qui fait de lui, après le passeport, le deuxième élément essentiel à ne jamais oublier en voyage). Si il a le malheur de mentionner une marque ou un produit en ondes, c'est le déluge. Sa chambre d'amis est une caverne d'Ali Baba où s'empilent : chocolats, savonnettes, huile de truffe, poivrières, cravates, exfoliants, presse-ail, bol à punch, calendriers, ballon de football, machine à gaufres, casquette, BD, CD, DVD, et toute une déclinaison de préservatifs dans des boîtes colorées. Chaque année à la mi-décembre, dans un élan de générosité de circonstance, le Général tient son opération « chambre ouverte ». L'occasion idéale pour les copains de régler en moins d'une heure les achats des Fêtes et de repartir le cœur léger et les poches pleines.

12
Les petits privilèges du grand public

Je me suis souvent interrogé sur la pertinence des traitements de faveur accordés aux artistes dits « grand public ». Je serais surpris d'apprendre qu'Armand Vaillancourt reçoit par la poste une boîte de Krispy Kreme chaque fois qu'il sculpte une forme ronde avec un trou au milieu. N'est-il pas injuste d'offrir autant de passe-droits à des gens qui ont les moyens de payer ? Un visage connu qui s'empiffre de spaghettis l'air satisfait attire-t-il vraiment la clientèle ? Personnellement, ça me donne envie de changer de restaurant. Ça gâche ma soirée.

La petite auréole de pacotille qui entoure les vedettes issues d'un *star-system* obèse que l'on engraisse à coups de potins sucrés et de gros titres dans des magazines juteux me dégoûte. « Ne touchez pas aux idoles, car la dorure vous reste aux doigts », disait Flaubert. Même chose dans un bar. Qui veut voir les « personnalités » (drôle de terme pour des gens qui en ont souvent très peu, victimes de carences émotives et de déséquilibres psychologiques de toutes sortes) se faire attribuer une section VIP? Comme si, du coup, tout le reste de l'établissement ne comptait plus. C'est pourtant grâce aux estrades populaires, là où tout le monde paye le gin tonic plein prix, que les patrons roulent en Mercedes et projettent l'achat d'une villa au Mexique. Des vedettes, ça agace tout le monde. D'un côté, les filles qui se crêpent le chignon, minaudent et jouent du coude pour les approcher, de l'autre, les gars qui voient le butin de la soirée leur filer entre les doigts au profit d'une face à claque connue.

Les vedettes rendent tout le monde malheureux. À commencer par elles-mêmes, qui n'en ont jamais assez et qui se demandent pourquoi Chose-Bine a décroché le contrat à leur place et pourquoi Machin-Chose se fait offrir le champagne alors qu'elles boivent des *stingers*[2] dans des verres en plastique depuis le début de la soirée. Parce que ces petites bêtes sont insatiables, leur ego est un glouton sans pareil, un boulimique d'amour et de reconnaissance. Les «védettes», comme disent les gens de la

2. Cocktail issu du mariage plus ou moins heureux entre le cognac et la crème de menthe.

rue en appuyant bien fort sur le e accent aigu pour démontrer que derrière la fascination se cache aussi le mépris, sont une calamité.

Les gens aiment rêver, me direz-vous. Une maison de douze millions en grande partie inoccupée, une surconsommation d'antidépresseurs de toutes sortes, le salaire annuel de l'ouvrier moyen dépensé en une soirée pour régaler la galerie en drogue dure, des crises d'hystérie à la sortie des clubs pour conduire le Hummer avec 1,8 gramme d'alcool dans le sang, tout ça ressemble davantage à un cauchemar. Et derrière la fascination du public pour les vedettes se cache aussi l'envie secrète d'en voir mourir une étouffée dans ses vomissures, et l'espoir (encore plus secret) que la suivante se surpasse et rivalise d'originalité pour mettre fin à ses jours. À voir le bottin de l'Union des artistes épaissir d'année en année et les *stars* hollywoodiennes se reproduire comme des cancrelats, les têtes de Turc ne sont pas en voie d'extinction. La médisance à des fins thérapeutiques survivra.

13

Amnésie amoureuse et tentative de réconfort

Avec son front de mentaliste et ses yeux de saint-bernard empathique, le Général m'analyse et me devine.

– Tu jouais mal parce que tu pensais à elle. C'est ta serveuse, c'est ça? La Slovaque?

– Ouin, j'ai répondu en me frottant le nez du revers de la main, longuement, dans un geste révélateur d'angoisse et d'obsession maladive.

Et j'ai poursuivi, la voix plus aiguë:

– Londonienne, pas slovaque. J'capote parce que là j'y pense, pis j'arrive pus à voir son visage, c'est comme flou. Y a pus rien, j'te dis! On dirait qu'ça fait toujours ça quand on est amoureux. Ça te fait pas ça, toi? Le choc est trop grand, ça percute la mémoire, pis bang! après tout est brouillé. Ayoye! c'est ben *weird*! J'me souviens des grosses lunettes, mais j'pourrais même pas dire la couleur. Sont-tu métalliques, sont-tu noires? Merde. Pis londonienne, c'est n'importe quoi, chu jamais allé à Londres, j'me souviens juste qu'elle avait du style, trop de style, elle était trop belle, trop charmante, ça fait que j'ai choisi un endroit intimidant où tout coûte cher, une destination fashion au-dessus de mes moyens. J'ai fondu !

Là, je me suis pris la tête à deux mains en répétant, façon Rain Man : « Ah ! pis la *napkin*, la *napkin*, la *napkin*, la *nap*... » Il a l'habitude de mes emportements paniqués. Néanmoins, Tidéchet me regarde, ébaubi.

– Calme-toi, y a rien qui t'empêche d'y retourner.

– Es-tu fou ! Tout m'en empêche. Je vais pas retourner patauger dans l'étang vaseux de ma déconfiture. J'peux aller partout dans le monde, sauf là !

– Ben oui, mais pourquoi t'as pas été clair aussi ? Tu le vois ben qu'ça sert à rien d'être flou. Avant de partir, tu y laisses ton numéro. « C'tait l'fun de parler avec toi, appelle-moi si ça te tente. » C'est pas compliqué.

– Tu comprends pas.

– Des messages obscurs sur une serviette de table, c'est n'importe quoi. Si je travaillais là, penses-tu que je prendrais le temps de lire les barbouillages ? Non, j'te nettoierais la table dans l'temps d'le dire.

Ça brillerait ce serait pas long ! Ton message, y est dins poubelles, mon vieux !

Les yeux du Général scintillent comme s'il songeait à se réorienter. Comme si l'espace d'un instant il rêvait de laisser tomber, au nom de l'intégrité professionnelle et du chiffon purificateur, son demimillion annuel pour le salaire minimum.

– Quand chu vraiment intéressé, j'paralyse. Je fige. Je deviens trop vulnérable, pis mon système de défense me protège en m'empêchant de foncer. Toute tentative d'approche comportant des risques de blessure pour l'ego est aussitôt interceptée par le processeur nerveux central et automatiquement transformée en immobilisme prudent. C'est terrible d'avoir un système de défense aussi évolué, c'est affreux, j'peux pus vivre comme ça ! je lui lance, en tentant faussement d'enjamber la balustrade.

– J'te connais, dans deux trois jours tu y penseras même pus, pis tu vas jeter ton dévolu sur une autre.

– Noooooooooooooooon ! Là, c'est pas pareil. C'pas pareil, c'pas pareil, c'pas pareil…

Le Général doit percevoir dans mon regard les premières crispations de l'aliénation mentale sévère parce qu'il enclenche tout de suite le réconfort d'urgence. Il sort l'artillerie lourde.

– Ça t'tenterait pas qu'on invite une couple de coquines demain soir ? En plus, y a la danseuse de Gatineau dont j't'ai parlé qui est en ville, Trixxxie Sparks. Avec elle dans un spa, on est sûr que ça dégénère. Spa-arks ! Tu vois ben que c'est prédestiné !

Je réfléchis. Ai-je envie d'immerger mon corps de poète incertain dans une cuve chaude et savonneuse, entouré de jolies jeunes femmes sans tabous dominées par l'unique et insatiable envie de s'éclater ? Je soupèse l'offre. Épidermes dorés. Ventres plats. Bouches gourmandes. J'esquisse à peine l'ombre d'un sourire et je mords du même coup la main qui m'a longtemps nourri.

Parce que le Général, aussi droit et *by the book* soit-il, agissant de manière si calculée et avec autant de retenue, entretient depuis l'adolescence une passion pour l'artifice et la démesure en matière de morphologie féminine. Une fascination de la *pornstar* qu'il aime partager aussi souvent que faire se peut avec le plus grand nombre de ses amis proches triés sur le volet. Si j'ai l'air de lui mettre sur le dos tout l'odieux de l'entreprise, c'est que je suis un petit rat ignoble qui non seulement grignote la main qui le nourrit, mais défèque aussi dans les coins du salon.

Parce que ce bain-tourbillon en plein air, j'en ai profité à moult reprises. Étant donné mon statut de joueur de troisième trio, j'ai largement pris ma part. Pour justifier ma place au milieu de ce carnaval de prothèses siliconées et d'ongles blancs à bout carré, je travaillais plus fort que les autres, m'occupant, avec l'ardeur du plombier sans scrupules de tous les replis délaissés et autres orifices abandonnés. Je ne l'ai jamais dit à Big Lord, mais le véritable « batte » chromé par association, c'est grâce à Tidéchet que je l'obtiens. Tidéchet aime les *pornstars* et les *pornstars* aiment Tidéchet.

Par conséquent, les *pornstars* finissent par aimer, après quelques lampées de vodka-framboise au goulot, les amis de Tidéchet. Je ne saurais toutefois me prononcer sur la nature exacte des affinités qui unissent le Général et les étoiles de la porno, et je m'en voudrais de réduire l'enthousiasme de celles-ci à de vils motifs comme la notoriété et l'argent. Par respect pour mon ami, et histoire de freiner ma médisance, je dirais qu'ils partagent l'amour des pirouettes aquatiques en milieu restreint et la reconnaissance des bienfaits du toucher sur la santé en général. Malgré les indiscutables vertus thérapeutiques de l'activité, je décline l'offre.

– S'cuse-moi, mais ça m'tente vraiment pas.

Je n'en ai réellement aucune envie. Je me sens aussi dynamique qu'un centenaire rhumatisant et courbaturé. J'ai le cœur lourd du guerrier millénaire. Un sentiment d'urgence m'habite, comme si mes heures étaient comptées et qu'il me fallait renouer une dernière fois avec l'amour avant de m'en aller.

– Prends le temps d'y penser au moins. Moi faut que j'y aille, j'ai un ruban à couper.

– ?

– L'inauguration d'un *skatepark*, quèque chose dans l'genre.

– Qu'est-ce tu vas faire là ?

– Le bon exemple, mon vieux, donner le bon exemple !

Le Général tourne les talons, mais dans son élan prend tout de même le temps de préciser que la terrasse m'appartient. Toutes les installations, y compris les appareils de réfrigération et le bar à l'étage inférieur sont à mon entière disposition. Convaincu que tout l'alcool du monde ne suffirait pas à noyer mon spleen, je me tourne en désespoir de cause vers le mystique. La croix du mont Royal me regarde et m'appelle. Je rejoins les rangs des perdus du monde entier, frère de tous ces hommes paniqués devant l'absurdité de la vie, de tous ces malheureux qui s'inventent une fantomatique entité à laquelle s'accrocher. Au moins, je ne me penche pas obséquieusement vers La Mecque, je ne mitraille personne au jet de pierre, je ne m'excise pas le surplus de peau, ni ne porte un chapeau grotesque qui fait peur aux enfants, non, j'avance béatement en fixant la croix, je « pichenotte » des sorts en sa direction, je garroche avec la ferveur exaltée du croyant végétatif mes incantations : « Écris-moi, écris-moi, écris-moi ! »

14
Coup de chaleur

Tu as été créée pour moi
Beauté sublime au sexe pur
Sans toi j'habite un pays froid
La Sibérie entre quatre murs

Je ne m'éparpillerai plus
Dans les sous-sols de la luxure
La blanche lumière de ton corps nu
Me révélera ma vraie nature

Abreuvons-nous comme des enfants
Au ruisseau de notre plaisir
Soyons sans loi, fous et déments
À la remorque de nos désirs.

15
Dieu existe

« Et si par hasard Luchini passait au café ce weekend ? À ta place, je ne prendrais pas de chance. »

Je vous confirme l'existence d'un être supérieur. Il est là quelque part et il veille sur nous. Ce message reçu à dix heures quarante-huit dans ma boîte de courriel en est la preuve. J'aurais dû me douter que me faire chier dessus par une mouette ce matin était de bon augure. Je regrette tout à coup d'avoir injurié le volatile. Jamais plus je ne me moquerai des superstitions ancestrales. Respect à toutes les prophéties autochtones. Où que tu sois, qui que tu sois, je t'aime oiseau du ciel. Va faire ton nid loin du danger et expulse le contenu de tes viscères sur le plus grand nombre.

Je relis en boucle le courriel de softelixir@hotmail.com. Tout y est. Le faux prétexte (Luchini est en tournage à Paris). L'avertissement qui cache un ardent désir de rencontre (« À ta place, je ne prendrais pas de chance. »). Le mystère audacieux (l'absence de signature).

16
Instinct de survie

Règle numéro un : ne pas mourir. Règle numéro deux : éviter tout comportement hasardeux, négligent, irresponsable, farfelu et/ou risqué pouvant contrevenir au respect de la règle numéro un. Règle numéro trois : suivre à la lettre les règles un et deux afin de survivre jusqu'à samedi.

Je passe à la pharmacie du coin faire prendre ma pression artérielle. Cent vingt-deux sur soixante-dix-huit. L'infirmière en service, une Asiatique pâlotte et lymphatique, semble satisfaite du résultat affiché. « Vous, bonne sanne-té, bonne sanne-té. » Ces paroles prononcées dignement et avec retenue me réjouissent. Elles m'enrobent d'une pellicule magique aux pouvoirs de bouclier impénétrable. Son accent renforce la crédibilité de son diagnostic. Je sens l'histoire d'un peuple qui s'agite derrière moi. J'ai l'envie soudaine de louanger leur sagesse millénaire. De souligner par de grandes tirades inspirées l'efficacité de leurs corps malingres et l'agilité de leurs doigts menus, mais je me contente de remercier sobrement Mai-Anh Thang-Tung et me lève tout palpitant de reconnaissance palpable. Je suis un Tchernobyl de « bonne sanne-té ». J'irradie à ce point qu'autour de moi on plisse les yeux. Tout le monde, sauf Mai-Anh qui, malheureusement, ne peut se permettre de plisser davantage. Un dernier regard de compassion aux aînées qui font la file, puis je quitte l'établissement.

Que pourrait-il bien m'arriver de fâcheux en trois jours ? Il est vrai que, sur l'île de Montréal, les accidents de voiture impliquant des piétons sont à la hausse. Je ne vais quand même pas me draper de pellicule plastique fluorescente, m'acheter un sifflet et me munir d'un octogone de brigadier scolaire. Je pourrais tout simplement me cloîtrer et vivre comme une huître, enfermé chez moi comme un cloporte kafkaïen, limiter mes mouvements, boire beaucoup d'eau, manger léger ? Mais si je ne sors pas, j'aurai le teint verdâtre et la pupille floue. Je ferme les yeux. Je laisse l'adrénaline anesthésier mes peurs et je bombe le torse. Les doutes bondissent sur mon poitrail de guérilléro. Les émotions pures vibrent dans ma cage thoracique. Je pourrais tuer à mains nues quiconque se mettrait en travers de ma route.

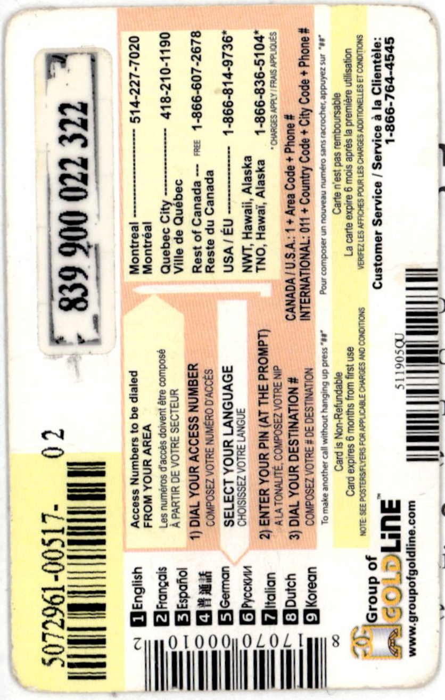

17

…humanité, …nidable invention

…onde. Toi qui marches devant …culotte pendouillant, adolescent …brouillé par les concoctions …ille. Toi, le quinquagénaire …es le sol de tes mégots bon …ire le ciment de tes sécrétions …eur compulsif. Toi, le poète … flotter au vent tes cheveux grichoux comme un tampon d'acier S.O.S. savonneux. Je vous aime tous. J'aime la teinture rougette des cheveux des femmes ménopausées, qui enjolive, pimente et pigmente le paysage. Ces boucles enivrantes, fluorescentes et violacées qui arpentent, voûtées et indolentes, les allées des magasins à un dollar. La poésie fait corps avec le quotidien, elle est à nos portes et à tous les coins de rue. Encore faut-il être en mesure de la percevoir, posséder le regard qui décèle, les antennes qui captent.

Je suis dangereusement en forme. Je me sens d'attaque pour croquer de l'existentiel. Qu'est-ce que la vie ? Un court passage sur terre dans un petit corps de peau. Une série d'activités et d'occupations diverses (absolument futiles d'un point de vue cosmogonique) pour se distraire en attendant l'inévitable. Une conscience qui refuse le néant et qui lutte contre l'inconcevable et absurde idée de disparaître à tout jamais. Cette extraordinaire capacité d'avancer comme si de rien n'était, de supporter le poids de cette condamnation. Une somme considérable d'énergie consacrée à planifier, organiser, économiser, se questionner, se lamenter, se chicaner et aimer. Aimer. Comme on aime le soleil de juillet qui éclabousse de sa lumière nos épidermes affamés, agrume de plaisir dont le zeste nous pique les yeux. Aimer inconditionnellement sans trop savoir d'où l'impulsion provient. Enlacer un corps, consoler un enfant, rassurer une mère, s'oublier pour quelqu'un d'autre. Suis-je devenu un imbécile heureux ? Suis-je lobotomisé et gaga-ifié à distance par les phéromones ? Où sont passés mes démons ? Je me sens étrange. Imperméable aux regrets. Comme si tout à coup les choses m'affectaient avec moins d'intensité. À commencer par ma famille, source de questionnements et d'insatisfactions depuis l'adolescence.

18
Assumer sa génétique

Mon père : artiste de la démesure et peintre de l'exubérance. Âme errante et désinvolte partagée entre une vieille Europe romancée et une cabane en bois rond de Saint-Éphrem-de-Beauce. Sa misanthropie l'a isolé. Son personnage devenu plus grand que nature, le créateur revêche et marabout qui refuse le réel, a fini par l'avaler. Mais j'oublie les failles et ne retiens que le meilleur. Je replonge, nostalgique, dans le coffre à souvenirs. Félix Leclerc en cassettes huit pistes près d'un feu de foyer, au sous-sol. L'odeur enivrante des bombes aérosol dans l'atelier. Les couvertures érotico-policières des SAS Malko de Gérard de Villiers. Les incongruités fondantes de Dali dans de grands livres ouverts. Les huîtres crues dans la bière et le Clamato, mais surtout sa féroce opposition à toute forme d'autorité. Sa conviction selon laquelle toutes normes ou autres marches à suivre ne s'adressaient qu'aux autres (les imbéciles) m'a valu, dès l'âge de cinq ans, de me couper les dix doigts de la main avec le canif de poche qu'il m'avait offert, de passer près d'éborgner le facteur avec une carabine à plomb, de défigurer une voisine après que mon père m'eut autorisé à mettre une batterie neuf volts dans le feu « juste pour voir c'que ça va faire ». La réponse est rapidement venue sous la forme d'une explosion violente et spontanée.

Je me souviens aussi d'avoir été conduit au poste de police pour récidive de cerf-volant trop haut ayant perturbé les radars du corridor aérien qui, au détriment de notre paix quotidienne, passait au-dessus de la maison familiale. À la suite du premier avertissement, mon père m'avait permis de doubler la corde. « Si on le fait voler plus haut, la Nasa va-tu débarquer, tu penses ? » m'avait-il lancé, l'œil taquin. J'ai toujours en moi ce démon qui me pousse à doubler la corde et à ne pas me soumettre à l'avis des bien-pensants. Dans mon sang coule la subversion de mes ancêtres. Je me déculpabilise en me disant que je n'y suis pour rien. Peut-on lutter contre sa génétique ?

Ma mère : radiée de l'Ordre des infirmières à cinquante-quatre ans pour injections répétées de morphine sur sa propre personne à des fins davantage ludiques que thérapeutiques. Je lui dois mon éveil à la poésie. La découverte de sonorités fantaisistes, de mots colorés qui ont rapidement stimulé ma créativité : Valium, Empracet, Restoril, Demerol. Le fantasque et hérissé benzodiazépine. La romantique et diaphane mépéridine. Elle nous a toujours préférés (ma sœur et moi) sous le couvert d'un parapluie d'antibiotiques, à l'abri de tout assaillant pathogène. Elle jouait du piano d'une main en tenant un martini de l'autre. Poussait des notes stridentes passé onze heures et demie le soir. Se moquait des plaintes des voisins. Ne s'entêtait jamais à poursuivre lorsqu'elle trouvait le fond de la bouteille, mais allait plutôt se coucher, résignée et satisfaite d'être restée éveillée plus longtemps que les autres. Ma mère passait en mode travail comme un caméléon change de couleur. Elle était fraîche comme une laitue au petit matin, et nos sandwichs jambon-beurre-moutarde-jaune nous attendaient au frigo, affectueusement enrobés de papier cellophane retenu par un élastique.

À l'occasion, elle regrettait. D'avoir décliné l'offre d'un bel imprésario, propriétaire de boîtes à chansons. D'avoir choisi la famille au détriment des pianos-bars et d'une hypothétique (à en juger par sa voix, « improbable » serait un qualificatif plus juste) tournée mondiale. À l'occasion, elle se vantait. D'avoir connu la passion avec un père mariste qui aurait prétendument défroqué pour elle. Un disciple de Dieu qui s'appelait Louis de Gonzague Moreau. J'en ai toujours voulu à mon père d'avoir accepté qu'on m'affuble du prénom d'un ancien amant de ma mère. Comment avait-il pu tolérer cet affront ? J'ai compris plus tard que s'il ne s'en était jamais offusqué, c'était parce qu'il l'avait toujours ignoré. Mon père n'a jamais écouté ce que racontait ma mère.

Ma sœur : portait une attention particulière aux propos de ma mère et était toujours prête à relever la moindre erreur pour la prendre en défaut, déterminée à ne rien laisser passer qui eût pu provoquer une bonne chicane. Encore aujourd'hui, je n'arrive pas à dire laquelle était la plus déséquilibrée des deux. Ma sœur s'est fait tatouer au visage à dix-sept ans, a joint les rangs d'une secte de Thetford Mines à vingt-deux, remis en question son orientation sexuelle et songé à la grande opération à vingt-cinq, suivi une thérapie jusqu'à trente, s'est fait effacer l'étoile verte sous l'œil gauche par un chirurgien esthétique, a terminé une technique administrative, s'est acheté un chat et vend maintenant de l'assurance habitation pour une institution financière reconnue. Un magnifique parcours. Une source d'inspiration.

Une «vente-trottoir» se prépare et je zigzague entre les commerçants qui déballent leur vieux stock. Je suis toujours en vie. Entre deux lévitations sur un nuage de velours rose, la tête ailleurs, le cœur à l'hélium, mais toujours en vie.

19
Sueurs froides en terrasse

Essuyer front luisant. Immobiliser jambe sautillante. Hydrater bouche sèche. Je réfléchis de manière saccadée. J'ai le disque dur qui fait des *free games.* Inspirer profondément. Calmer nerfs. Pour un samedi après-midi, la terrasse est plutôt inoccupée. Je me demande ce qui en éloigne la clientèle. Le ciel engorgé ou l'imminence d'un violent coup de foudre en terrasse ? J'ai la chance d'être arrivé incognito. D'avoir évité un catastrophique face-à-face. Pour rien au monde, je n'aurais voulu brusquer le moment, précipiter les choses, risquer qu'une grimace intimidée de ma part soit interprétée comme de la déception.

De ma table, j'ai vue sur la porte qui mène aux cuisines. J'occupe un endroit stratégique, et pendant que je m'en félicite, je cherche une position confortable. Je croise et décroise ma jambe nerveusement. Je recule avec difficulté la lourde chaise en fonte. Je regrette aussitôt mon geste bruyant. Je n'ai surtout pas envie d'attirer l'attention. Je souhaite passer pour un être normal. Un gars normal qui vient prendre un café normal sur une terrasse normale dans une ville normale. Jeans, barbe, t-shirt, lunettes, cheveux, souliers, tout ce qui compose et agrémente ma personne est normal. Pas trop quand même, parce qu'à la longue une accumulation de normalité c'est ennuyeux.

J'endigue la crise de panique par des actions inutiles. Je fais semblant de consulter mes textos sur mon téléphone. Ma main moite actionne les touches frénétiquement. Je pitonne tellement que j'en perds toute crédibilité. Je jette un œil aux alentours. Pas de quinquagénaires aux talons rugueux qui boivent du rosé à proximité, personne à qui adresser un sourire de connivence et aucun membre du personnel en vue. Ne surtout pas avoir l'air de la chercher du regard. Je ne sais plus où poser mes yeux, et les fermer me donnerait l'air d'un médium psychopathe. Je fixe un couple qui mange en silence. Je tente une description détaillée du contenu de leurs assiettes, histoire de maîtriser les dérapages de mon cerveau. Croque-monsieur, jambon campagnard, fromage. À l'œil, je dirais gruyère suisse, mais il pourrait fort bien s'agir d'emmental français. Difficulté à percevoir la présence d'une béchamel. Supposition de présence de béchamel. Salade mélangée en accompagnement. Roquette, radicchio, feuille de mâche et sans même goûter je dirais vinaigrette de cidre, huile de noisette, poivre blanc de Malabar et fleur de sel. Je respire déjà mieux. Je délaisse les détails au profit de l'évidence.

Le fessier de la fille qui mastique son croque-monsieur dépasse la structure de la chaise. Je songe à la force d'impact de ce postérieur dodu lorsqu'il s'abat sur quelque chose ou quelqu'un. Je passe en revue les endroits où il a dû laisser sa marque. Bancs de parc, d'école, d'église, de cinéma et de voiture. Télésièges, canapés, hamacs, chaises longues et tabourets. Genoux de père Noël, chambres à air, selles de poneys, pelouses vertes et visages aventureux. Je me sens tout aussi puéril que ridicule, mais l'image de cette belle masse de chair laiteuse qui comprime la matière me détend. Soupçonnant peut-être mon enfantine énumération, la fille me dévisage au moment même où le *busboy*, sec et longiligne, s'avance vers moi avec le menu.

20

Comme une odeur de 11 septembre

– Excuse-moi, personne est venu t'voir ?

– Non, mais… euh… c'est pas grave, je…

– J'te laisse le menu…

– Non, en fait…

– Prêt à commander ?

– J'vas peut-être juste prendre quèque chose à boire, j'ai comme pas super faim… Non, en fait, j'ai faim, mais j'ai l'impression que ça passera pas… J'pense qu'un Perrier ce serait bon… Oui, oui, un Perrier, ça va être parfait.

– J'espère que c'est pas moi qui te mets dans c't'état là ? dit-il avec un éclat de fierté dans l'œil.

– Non, non, ben non…

– Fiou ! J'me disais, ça part mal, mon affaire.

Dans l'embrasure de la porte, comme une famille de marmottes venues sentir l'arrivée du printemps, trois employés s'étirent le cou pour mieux tendre l'oreille.

– Ton affaire ?

– C'est moi qui t'a envoyé le *e-mail.*

– …

– Soft Elixir !

Je suis un passager du *Titanic* qui refuse d'admettre sa noyade imminente et j'en profite pour m'agripper à l'idée qu'en engageant un messager ma serveuse londonienne fait preuve d'une timidité qui cache un brûlant intérêt.

– O.K., tu…

– Ça fait une couple de fois que j'te vois ici, mais j'ai jamais osé t'parler. Quand j'ai vu ton message en ramassant la table, j'me suis dit qu'c'était un signe faque j'ai décidé de foncer. J'te cacherai pas que j'ai pas mal hésité.

– …

– C'est ben toi, le p'tit mot ?

– …

– Le p'tit mot s'a *napkin* !?

– Oui, oui.

– R'garde, j'vas t'avouer, Luchini ça me dit rien, mais j'connais Lucky Luke par exemple.

Sourire mi-figue, mi-raisin de type structure du World Trade Center avant l'effondrement.

– Écoute, y a pas de pression, là, c'est juste une

rencontre. Tu t'attendais pas à ça, hein ?

– Non… je… Sans vouloir t'offenser, j'm'attendais plus à une jupe noire avec des grosses lunettes.

– Ah, O.K., je vois…

– Tu vois quoi ?

Le grand échalas à la voix nasillarde pointe sa pomme d'Adam en direction des marmottes.

– Bon ben, j'vous dois toutes dix piasses.

Les rongeurs regagnent leur trou, l'air satisfait.

– *Sorry* pour le déplacement. En tout cas, c'est ben rare que mon radar fait défaut. C'est ben rare.

Et il insiste sur sa dernière phrase, appuie bien fort sur chaque mot, comme si l'articulation massive des consonnes allait me faire passer aux aveux. Je me retiens un instant, puis j'abaisse ma garde. Je crache le morceau.

– Écoute, y a une fille qui travaille ici, super mignonne avec des grosses lunettes.

– Marie-Charles ?!

– Elle est pas là aujourd'hui ?

– Non, elle travaille pus ici.

– Quoi ?

– J'pense qu'est partie quèque part en Europe.

– En Europe ! ? On part pas comme ça en Europe ! C'est grand, l'Europe. Où en Europe ?

– Sandra ! ! ! Oussé qu'a t'a dit qu'a l'allait, Marie-Charles ?

À l'autre bout de sa section, la serveuse lance, d'une voix irritée :

– Est partie travailler dans l'sud d'la France, dans une genre de ferme… mais chu pas trop sûre.

Comme un pigeon retardataire au pique-nique du dimanche, je tente de grappiller les miettes.

– C'est quoi, son nom de famille ?

– Sandra ! C'est Marie-Charles qui donc ?

La serveuse aux bras encombrés échappe un verre.

– Je l'sais pas ! Arrête donc d'jouer au serveur, pis viens faire ta job !

– Désolé, mais le boss le saurait sûrement, par contre y est pas là ce week-end.

– Alex ! ! ! Y a d'la vitre partout, les clients vont s'couper ! renchérit la serveuse à bout de nerfs.

– J'peux-tu au moins t'offrir le Perrier, m'semble

ce serait la moindre des choses.

– T'aurais pas quèque chose de plus fort ?

– Oui, j'ai d'la grappa, du calvados, pis on vient de recevoir un bon whisky de douze ans d'âge.

– J'vais prendre ça.

– Lequel ?

– Les trois.

21
Tenir le fort

Vingt-trois heures quarante-cinq. J'en suis à visiter le sixième établissement de mon *Desperate and Drunk Tour* amorcé à la Croissanterie. Comme un australopithèque mal dégrossi, je me rappelle avoir martelé le comptoir avec mon verre à shooter. De moins en moins sélective, ma bouche anesthésiée donnait droit de passage à tous les carburants et mon estomac, tel un propriétaire de Bed and Breakfast rougeaud et jovial, les accueillait en souriant. Les nouveaux venus fraternisaient rapidement avec les anciens. Le couple gin et *tonic*, en habit de cuirette fétichiste, imposait le rythme à la rencontre et invitait chacun à se mélanger. Jack, avec son accent du Tennessee, y allait d'une série de blagues salaces, et Zubrowka, fidèle à son habitude, avait le bison en rut et le brin d'herbe au garde-à-vous. Je me souviens d'avoir martelé le comptoir en hurlant, influencé par le groupe et encouragé par mon désir d'éloigner la douleur, convaincu que noyer mon cerveau me permettrait d'effacer les évidences. Jusque-là tout était clair. Je me maintenais en surface. Tout était clair jusqu'à ce qu'une fille hyperactive (et hyperimbibée) vienne m'emprunter mes lunettes pour aller danser.

22
Secrétaires cochonnes

– J'ai-tu l'air d'une secrétaire cochonne ?

C'est ce que j'ai cru comprendre à travers les basses vibrantes mixées aux aigus analogiques d'un synthétiseur des années 1980 (A-ha, *Take on me*, 1984, Warner Bros. Records). Pourquoi faudrait-il qu'une fille qui porte des lunettes à monture de plastique ait l'air automatiquement d'une secrétaire possédant un imaginaire débridé doublé d'un appétit sexuel vorace ? Pourquoi n'aurait-elle pas tout simplement l'air d'une cinglée en boisson qui porte des lunettes trop grandes pour sa petite tête ? D'une hystérique en mal d'attention qui se fait aller comme une autruche luttant contre le vent ? L'expression « secrétaire cochonne » m'agace autant que la prolifération de mentons proéminents et de nez aquilins en littérature. Elle est usée à la corde. Elle a fait son temps.

Règle générale, les secrétaires ont l'air de tout sauf de cochonnes, et ce n'est pas une simple paire de lunettes qui va les métamorphoser. Dans le domaine de la dentisterie, elles sont zélées, assommantes et mécaniques. Du côté administratif, ennuyantes, sèches et grinçantes. Et contrairement à la croyance populaire, le milieu des communications n'offre pas meilleure mouture. Professionnellement frustrées, superficielles à force de distribuer mensonges et faux sourires, elles compensent leur lot de contrariétés par des grignotages caloriques compulsifs qui ont le malheur de ternir la devanture et de dégrader la cour arrière. En réalité, les vraies tigresses sont celles qui occupent des postes de supérieures hiérarchiques. Patronnes épuisées par l'autorité qu'exige leur position, elles laissent tomber les masques dans la chambre à coucher. Soumises aux caprices, réceptives aux fantasmes, elles endossent avec plaisir les habits (une guêpière haut de gamme en dentelle noire) de la subalterne. Des lunettes de « *boss* cochonne », voilà l'expression qu'il faudra dorénavant adopter. Danser myope au milieu de la piste fait partie des dernières choses dont je me souvienne. Pour être exact, je dirais : voir flou en m'agitant de manière désynchronisée, avaler un régiment de *shooters* en flammes, sentir une langue dans mon oreille, une main dans mon pantalon et apposer sans retenue ma bouche sur celle d'une autruche à lunettes.

23
Le vieil homme et la mer

Empilés, les cadavres se comptent à la douzaine. Je tente de fixer le plafonnier, mais il se dérobe. Le cimetière de bestioles valse sous mes yeux. J'ai le sentiment d'être étendu dans un canot pneumatique au milieu d'une mer agitée. Autour de moi, le ciel bleu poudre est étrangement ceinturé d'un halo de tapisserie champêtre. J'aimerais faire pivoter ma tête de côté, mais l'amorce du mouvement accentue les remous océaniques. Des effluves de violette sucrée avivent mon mal des transports. Serais-je en train de rejeter ce corps étranger qui jouxte mon flanc gauche ? Le proprio du Bed and Breakfast me donne l'impression d'avoir envie de foutre tout le monde à la porte. Vomir en jet sur un laminé du « Baiser de l'hôtel de ville » n'étant pas dans mes habitudes, je rassemble mon courage et me lève.

Ça tangue de tout bord tout côté. Le plancher en angle contrebalance un peu l'étourdissement. Je remercie le sol argileux du Plateau-Mont-Royal. Je fonce comme une poule sans tête. Comme un coq lobotomisé. Heureusement, les petits appartements ont l'avantage de ne pas dissimuler la salle de bain. Les fétichistes en cuirette ont dû aller trop loin avec les roulettes russes, le Jack, insulter la vodka, parce que la bisbille a pris et ça se bouscule au portillon. Je ne retiens personne. Le flot est continu et aussi précipité qu'un troupeau de pingres le matin du Boxing Day. Étant reconnu pour mes expulsions gastriques à faible niveau sonore, l'évacuation massive passe inaperçue. Je retrouve peu à peu mes esprits. Mauvaise idée. Je me brosse les dents au doigt, et la triple action glacée de la menthe poivrée réveille ma mémoire. La douche froide, le sud de la France, la pomme d'Adam navrée, l'espoir en miettes, le désarroi poisseux, l'effondrement alcoolisé, la vengeance charnelle, la confusion gênante, le mal de crâne abrutissant et la terrible impression d'être enterré vivant.

Je suis nu comme un ver dans une salle de bain inconnue et j'essuie mon ver nu comme un con. Malgré le brossage, j'ai l'haleine caverneuse de l'aventurier sans scrupules. Si l'alcool est un dépresseur, la dépression rend drôlement dynamique au lit et mon petit doigt me dit qu'il en a vu de toutes les couleurs. Aurait-il osé franchir les barrières, assiéger la section réservée aux membres du personnel et se vautrer tête première dans le buffet du salon VIP ? J'ai bien peur que oui. Tandis que les gens normaux récupèrent d'une semaine de travail honnête, je m'observe m'observer dans le miroir au milieu des « matifiants » à l'argile blanche et des désincrustants à l'abricot. Je bois un peu d'eau dans un verre de plastique bleu translucide, un bleu qui, en passant, marque un très beau rappel de la nageoire dorsale des dauphins sur le rideau de douche. J'ai le teint d'un guitariste de bars sur ses derniers miles. J'ai visiblement le contour de l'œil engorgé. J'applique la première crème qui me tombe sous la main. Mensonge : je prends la peine de lire les inscriptions et choisis un baume « Beauté Éclair » à l'extrait d'olivier et d'algue régénérant. J'applique d'un mouvement lissant en massant doucement la peau fragile de la paupière. Je me surprends à philosopher, comme si ma gorgée d'eau avait ravivé les effets euphorisants de l'alcool dans mon sang.

24
À la maison ou sur la route ?

Le *one-night stand* est une expérience à part entière, et je m'interroge sur les avantages de l'hôte versus ceux du visiteur. Jouer à l'étranger peut impliquer un certain nombre de facteurs déstabilisants : absence de repères, présence féline indésirable, colocataire contrarié, accès difficile aux analgésiques, et j'en passe. (En fait, je n'en passe pas du tout, car pour être franc, aucun autre élément contrariant ne me vient à l'esprit pour le moment.) En revanche, le joueur visiteur n'est pas tenu de nettoyer le vestiaire et peut sous n'importe quel prétexte, voire en catimini, quitter rapidement les lieux de la rencontre. Il est cependant plus embêtant pour celui qui joue à la maison de mettre à la porte un visiteur qui s'incruste. Il a beau être chez lui, le code d'éthique et les règles informelles l'obligent souvent à camoufler son exaspération derrière un sourire figé. Dans l'univers du *one-night*, il faut bien se l'avouer, la frontière entre l'excitation et la répulsion demeure souvent très mince. Mes douteuses analogies sportives m'ont épuisé. Je regagne la chambre en silence. Je n'ai même pas la curiosité de relever le drap, de toute façon, une masse de cheveux bouclés obstrue l'accès au visage. À défaut de partir, je me glisse sous la couette avec l'idée de disparaître. Je suis Mrs. Dalloway qui s'étend dans le lit glacé d'une rivière. Je cherche la position idéale pour mon dernier repos. La masse inerte s'anime à mes côtés, grogne un peu, puis redevient inerte. Je ferme les yeux.

25
Le narrateur amoureux

«À sa naissance, le 3 novembre 1981, les astres étaient parfaitement positionnés. Ce jour-là, l'horizon coupait son zodiaque de manière exceptionnelle, laissant l'ascendant et le descendant ébahis devant autant de perfection céleste. Cette divine conjoncture planétaire permettait d'anticiper un parcours heureux et sans complications, mais la petite fille n'était pas du genre à laisser l'astrologie décider pour elle. En attendant de faire sa place, elle se laissait doucement grandir dans ce monde immense à découvrir. Confiante en ses moyens, elle affichait toutefois un air timide qui laissait transparaître une saine vulnérabilité. Ses professeurs du primaire avaient du mal à cacher leur préférence. Ils recherchaient sa présence et aimaient tendre l'oreille à ses histoires pendant les récréations.

«Toute petite, elle possédait déjà ce don délicieux de raconter les choses avec saveur et poésie. Elle observait le monde avec une acuité désarmante pour une enfant de son âge. Une vieille âme, une artiste, une surdouée, chacun y allait de sa petite théorie. Elle préférait la compagnie des adultes à celle de ses camarades de classe. Ses intérêts pour le ballon chasseur, la corde à danser et les Petites Pouliches étant plutôt limités, il n'était pas rare de la retrouver seule dans son coin à dessiner. Sa boîte de Prismacolor et sa tablette Canson lui permettaient de refaire le monde à sa guise. Une planète tout en couleurs aux reflets de liberté où d'improbables animaux vivaient paisibles et en harmonie.

« Elle avait souvent envie d'être ailleurs. Elle s'enfuyait loin du réel et de l'ennui, loin des cancans et du papotage de la cour d'école. Sa popularité auprès des enseignants faisait inévitablement des jaloux, et son léger strabisme était un excellent prétexte à la moquerie des enfants. Derrière ses lunettes qui lui rapetissaient les yeux, elle posait sur son entourage un regard curieux et empathique. Elle aimait particulièrement madame Chamberland, la brigadière, à peine plus grande que les élèves de quatrième et tout en rondeurs. Son visage respirait la bonté, et son sourire, la sincérité des gens simples. Le contact de sa main chaude et potelée lui donnait envie, une fois la grande rue commerciale traversée, de partir explorer le monde en sa compagnie. Elle n'hésitait jamais à la prendre au dépourvu en lui posant les questions qui la chicotaient. « Pourquoi suis-je enfant unique ? » et « Croyez-vous qu'en me voyant, mes parents ont été à ce point déçus qu'ils ont décidé d'interrompre la production ? » faisaient partie du lot d'interrogations quotidiennes auxquelles faisait face la brigadière qui s'en sortait toujours avec un embarrassé, mais sympathique : « Filez, jeune demoiselle, vous allez être en retard à l'école. » Pour le reste, elle notait tout dans un grand cahier, histoire de ne rien oublier lorsqu'un jour, l'espérait-elle, elle rencontrerait le grand sage. Elle s'accrochait à l'idée que quelqu'un, quelque part, sur un rocher ou un nuage, possédait les réponses à ses questions.

« Les années passèrent. L'adolescence affina ses traits et la lecture agita son esprit. Son strabisme corrigé, c'était maintenant au tour des garçons de loucher en sa direction. Cette jeune femme splendide et mystérieuse, qui l'était davantage parce qu'elle les ignorait, alimentait leurs fantasmes et nourrissait leur motivation à venir en classe. Mais devant Rimbaud,

Salinger et Voltaire, leur testostérone incontrôlée et leur virilité vacillante ne faisaient malheureusement pas le poids. Fuguer comme dans *L'Attrape-Cœur*, partir à la découverte du vaste monde “par les soirs bleus d'été”, voilà les pensées qui, comme les fameux démons du poète, faisaient ribote dans sa tête pleine à craquer. L'appel du voyage. L'affriolante caresse des vents du Sud. L'ombre des falaises sur son âme ensoleillée. La finesse du sable sur les dunes de sa peau. L'obscurité de la jungle irradiée par son corps. L'écorce terrestre sur le point de se fendre. Elle se tenait droite au milieu du tableau. Finale comme la mort. Fatale comme la fin du monde. »

Réveil en sursaut et souffle court. On me regarde en souriant. Un plateau est posé sur le lit. Croissants au beurre, jus de pamplemousse, café et confitures. Les vapeurs du sommeil ne sont pas tout à fait dissipées, mais je suis pourtant sûr d'une chose : j'ai dans la tête un narrateur qui fabule et devant moi une fille qui se fait des idées.

26
L'étonnante vulnérabilité des lendemains de veille

– Il y a quelque chose qui vous tracasse depuis quelque temps.

– …

– Une frustration, un truc irrésolu. Je me trompe ?

– Non, non, y a quèque chose, réponds-je, laconique et déterminé depuis mon arrivée à ne laisser transparaître que le minimum.

– Je le savais ! dit-elle, enjouée comme si elle venait de résoudre le mystère des pyramides d'Égypte.

Lucille Martineau, mieux connue sous le nom ésotérique de Madame Martina, ne correspond pas à l'idée que l'on se fait de la voyante traditionnelle. Elle n'a pas l'œil fou, son appartement est décoré avec goût et aucun félin ne parade sur les comptoirs, l'anus à découvert. Un petit bout de femme bien en chair qui a pour seul caprice de vous refuser la consultation si elle ne le sent pas. « Tu vas voir, quand tu vas entrer chez elle, elle va mettre sa main sur ta poitrine, panique pas ! » m'a dit mon amie Clou-Clou, tout excitée que je daigne enfin rencontrer celle qui, depuis déjà quelques années, éclaire sa vie.

J'éprouve un étrange sentiment à me retrouver en face de cette femme qui fut autrefois la cible de mes moqueries. Je fais maintenant partie du troupeau de bêtes crédules qui osent croire qu'un être humain a la capacité de voir l'avenir. Ne me jugez pas. Personne n'est à l'abri d'un fléchissement de son scepticisme. Et quand, au lendemain d'une cuite mémorable, le rationnel baisse la garde et l'inquiétude prend le dessus, on se retrouve autour d'une table en acajou, les paumes tendues vers le ciel, le regard rivé à celui d'une étrangère, impassible pour la forme, mais avide d'une révélation.

– Une femme occupe vos pensées.

– Oui, c'est exact, dis-je le plus calmement du monde.

– On me dit qu'elle est dans la vingtaine.

Là, je me retiens de lui poser la question : mais qui vous parle ? Avez-vous un télex dans l'oreille ? Êtes-vous connectée avec une entité maléfique qui communique en morse ?

Contrarié par autant de mystère, je réponds avec toute l'assurance et le mordant qui m'habitent.

– Oui, oui, tout à fait.

– Je vois un nom composé.

– Wow ! je lance, délaissant à ma grande surprise ma réserve si habilement créée depuis le début.

– Oui, c'est bien ça, un nom composé, répète-t-elle, l'air de savourer l'effet de son expertise.

– Elle s'appelle Marie-Charles, je réponds, trop enthousiaste. Et si vous pouviez me dire son nom de famille, ça m'aiderait dans mes recherches. Je pourrais essayer de la trouver sur Facebook.

– Non.

– Non quoi ?

– Vous ne devez pas forcer le destin, c'est très mauvais. Il faut la laisser venir à vous.

– *Come on.* Clou-Clou m'a dit que vous étiez la meilleure, donnez-moi son nom de famille, pis je m'en vais. Concentrez-vous deux secondes.

– C'est vous qui allez vous concentrer.

– Moi ?

– Oui. Concentrez-vous sur l'essentiel. Vous n'avez pas un projet en gestation ?

– Non, réponds-je encore, avec toute la mauvaise foi du monde.

– Un projet d'écriture ?

– Vous me faites peur.

– Cessez de vous éparpiller et allez affronter vos démons.

– Je…

– La séance est terminée.

Je sens dans son regard qu'il me serait hasardeux d'insister. Je dépose quarante dollars sur la table et je quitte les lieux À l'extérieur, le ciel est bas, et je crois percevoir au travers des nuages la main de Dieu qui pointe sur moi un doigt accusateur.

27
Mais qu'as-tu fait de ton talent ?

« La dépendance affective de Charogne viendra-t-elle ternir sa relation avec Antoniochon ? L'épidémie de diarrhée éclipsera-t-elle la saga du *cupcake* volé ? Une chose est sûre, la semaine ne sera pas du GÂTEAU pour nos participants. Soyez là demain. Allez, bye tout le monde ! » Mon travail consiste à écrire des phrases du genre. De petits liens saupoudrés de jeux de mots faciles qui rendront l'animatrice sympathique et qui, à l'autre bout du signal numérique haute définition, sont supposés faire sourire l'accro de téléréalité. Avec le salaire qu'on me verse pour mes dix heures de travail hebdomadaires (incluant les réunions interminables), j'en arrive à croire que je suis indispensable, que sans moi la blondinette plastique, derrière son micro, n'émettrait pas un traître son. Je suis son cerveau, sa luette, sa glotte et ses cordes vocales. Une sorte de Gepetto québécois. Malheureusement, je sais qu'un enfant de dix ans souffrant de déficience intellectuelle pourrait me remplacer du jour au lendemain, mais au prix qu'on me paye je m'efforce de n'en souffler mot à personne. De toute façon, ils ne me croiraient pas, rassurés qu'ils sont par mes lunettes à grosse monture, mon nom de baron médiéval et ma voiture suédoise d'une autre époque.

Trois années d'études universitaires pour en arriver là. Quatre-vingt-dix crédits en littérature, des centaines d'heures à supporter les laïus souvent pompeux de barbus postillonnant, d'innombrables nuits blanches à rédiger des travaux de dernière minute sur le rôle des verbes à l'impératif dans la correspondance d'Alain Grandbois, à dégager les allitérations fiévreuses chez Mallarmé et à constater, grâce à William S. Burroughs, que drogue dure et cohérence ne font pas bon ménage. Je pourrais rester optimiste et me convaincre qu'écrire du vent garde léger. Mais je préfère me taper sur la tête et avouer ma lâcheté. Je n'ai pas d'excuse, rien ne m'empêche de me mettre au boulot. J'ai assez de trous dans mon horaire pour me consacrer à une œuvre sérieuse. Canaliser mes énergies sur quelque chose de consistant qui viendrait contrebalancer le mielleux, le futile et l'insipide de mon métier. J'ai assez de temps libre pour me consacrer au projet d'une vie. Ce roman qui tarde à venir. Ce fantasme suprême qui me tarabuste nuit et jour.

Non, mais, d'où vient cette idée de vouloir laisser sa marque à tout prix ? D'idéaliser l'écriture ? De mythifier autant le métier d'écrivain ?

28
Créateur tout-puissant

Je pense que l'écrivain nous fascine parce qu'il a l'audace et le culot de se nommer écrivain. Peut-être aussi parce que, dans la plupart des films, on nous le présente comme séduisant, mystérieux et populaire après des femmes. Isolé du reste du monde, à la lueur d'une petite lampe de travail, furieux et obstiné derrière sa Remington aux touches rondes ou son MacBook treize pouces avec écran LED rétroéclairé, il se suffit à lui-même. Le vieux chat siamois, la bouteille de bourbon et l'amoncellement de mégots dans un cendrier turc en terre cuite. Le bruit enivrant des frappes successives, les tournures de phrases bien ciselées qui claquent et s'imbriquent naturellement, l'élaboration d'une nouvelle réalité qui s'érige noir sur blanc.

Être artisan d'imaginaire comporte trop de privilèges. Je suis jaloux. L'auteur débutant jouit d'une longue période de sursis avant d'avoir à rendre des comptes. L'aura de son nouveau titre lui donne le bénéfice du doute. L'œuvre à venir justifie sa procrastination. S'il fume l'après-midi dans les parcs, c'est pour s'aérer l'esprit. S'il bouquine des heures durant, c'est pour s'abreuver de ses prédécesseurs. S'il traîne dans les bars, c'est pour y chercher l'inspiration, photographier mentalement les images nécessaires à la complexe élaboration de ses personnages. Son métier justifie les excès. Tous les vices du monde entier le réclament et lui font de l'œil et personne ne lui reprocherait d'y succomber. Après tout, n'a-t-il pas besoin de saisir la vie à bras le corps s'il veut la pétrir longuement pour ensuite la remodeler ?

Mal de tête ou non, le chirurgien doit opérer. L'écrivain, lui, demande une Advil avec une eau citronnée, le silence complet dans un rayon d'un kilomètre et le massage professionnel de ses trapèzes indurés en fin d'après-midi. L'écrivain est une attachante crapule qui, impertinente, s'amuse à valser au-dessus des normes et des conventions. Mais c'est aussi une éponge, assoiffée, sensible et essentielle à l'évolution d'une société.

J'aimerais être cette éponge. Pour exister hors des lois et hors du temps, pour fuir la réalité qui m'ennuie et donner un sens à cet été qui ne va nulle part.

29
Jour de première

Une première ébauche de canicule sévit et tel que prévu les autorités bienveillantes recommandent de s'hydrater régulièrement, ce qui constitue un excellent prétexte à la consommation de gin tonic à partir de onze heures le matin. Bombay Sapphire pour les snobinards. Tanqueray pour les connaisseurs. Le Général Tidéchet, fidèle à sa discipline et à son entraîneur privé, boit de l'eau des îles océaniques, tandis que Chi-Chi (prononcez t'chi-t'chi) pompe avec difficulté une mixture épaisse aux propriétés nutritives et antioxydantes. Chi-Chi, un dérivé de Chef devenu Chief, passé par D'ji-D'ji, D'ji-D'jé, DJ, Luidji, Ludgé et redevenu Chi-Chi. Chez moi, le nombre de surnoms attribués à une même personne est directement proportionnel à l'affection que je lui porte. Plus j'aime, plus je tripote, inverse, invente, malaxe et mélange les sonorités. Si l'art se peaufine, le don ne s'achète pas. Ne devient pas maître du sobriquet qui veut.

Le soleil plombe si fort que le bois de la terrasse dégage une odeur de sauna sec. Les rayons livrent un combat féroce à la crème solaire. Je ne me souviens pas d'avoir sué autant de toute ma vie. Mon esprit suffoque et en profite pour se détacher de mon corps. Je nous observe de haut, en train de roussir sur nos transats. Trois corps étendus sur une planète en rotation autour du soleil, à griller comme des poulets sur une broche. Trois représentants de la race humaine dans un moment isolé et extrait du théâtre de leur vie.

LE GÉNÉRAL

Je sais que j'me répète, mais y a rien comme se faire bronzer en avant-midi.

CHI-CHI

Mmm…

LOUIS DE GONZAGUE

…

LE GÉNÉRAL

C'est moins chaud, beaucoup plus supportable, on peut rester plus longtemps, les rayons sont plus doux, ça fait un beau *sun tan* progressif. Dans l'Sud, c'est ça mon secret : bain de soleil en matinée !

LOUIS DE GONZAGUE

Quessé qu'ça va changer qu'on soit bronzés ? On va sortir dins bars avec des polos vert menthe, essayer d'émoustiller les filles avec nos belles peaux brunes de métrosexuels ? Trois clowns bandés sur leur look, trois esti de caves !

CHI-CHI

J'l'ai toujours dit qu'on était des singes avec des clés de char. Ça fait pas longtemps qu'on est sortis des cavernes.

LE GÉNÉRAL

Veux-tu ben te calmer. Bois donc de l'eau un peu, tu m'inquiètes.

LOUIS DE GONZAGUE

J'me sens pas bien. J'sais pas qui j'suis! J'suis qui, moi ? Je fais quoi? Je sers à quoi? J'empoisonne la terre entière depuis ma naissance avec mes angoisses existentielles. J'écris des jeux de mots poches en attendant la mort, je bois de l'alcool, pis j'insère mon sexe dans des cavités obscures pour oublier que j'attends la mort. Méchant beau programme !

CHI-CHI

Tu sauras qu'y a pas de sots métiers, et encore moins de sots programmes.

LE GÉNÉRAL

Tu vois, écoute donc Chi-Chi. Profite un peu. Mords dans l'insignifiance, croque le ridicule, savoure l'absurdité de la vie sans le iota d'un doute ni l'ombre d'un regret. Hein ! J'tu capable d'en faire, des belles phrases !?

LOUIS DE GONZAGUE

Ça vous tente pas qu'on parte se recueillir dans un monastère en Asie ? Comme dans le film *Illumination garantie.* Seuls devant notre mur à laisser passer les nuages noirs. Les genoux en sang à frotter des planchers pendant des heures. Des journées sans parler. Pas de cellulaire, pas de texto. Après ça j'vous l'dis, on aurait les yeux clairs, on se sentirait plus léger.

LE GÉNÉRAL

C'est n'importe quoi!

LOUIS DE GONZAGUE

On en profiterait aussi pour faire une cure de désintoxication sexuelle.

LE GÉNÉRAL

Ben, voyons donc !

CHI-CHI

Non, mais j'avoue que ça pourrait être pas pire.

LE GÉNÉRAL

Frotter des planchers, O.K., mais si ça vous dérange pas j'vais commencer par les miens.

LOUIS DE GONZAGUE

Vous réalisez pas à quel point on est pollué. On est tout compactés dans le bas-ventre, on est génitaux au max, toujours obsédés par la moiteur du vice, par le scintillement de la nouveauté. Ça saute aux yeux qu'on a besoin d'aide.

CHI-CHI

Moi, j'embarque.

LE GÉNÉRAL

C'est ridicule !

CHI-CHI

J'embarque, mais je le ferais peut-être un peu plus dans le genre « démarche personnelle ». C't'à-dire qu'entre une visite du palais royal, un poulet au curry vert, pis une séance de *body massage* coquin, ben j'prendrais quand même un p'tit moment pour penser à ma vie, respirer une fleur de lotus, pis retourner au *body massage*.

LE GÉNÉRAL

Sounds good! As-tu besoin d'un *partner*?

CHI-CHI

Pourquoi pas!

LE GÉNÉRAL

Tape là-d'dans!

CHI-CHI

Yeah, buddy! (À Louis de Gonzague) Fais pas cette tête-là, r'garde, rien nous empêche d'aller te visiter.

LE GÉNÉRAL

Ben oui, c'est clair, y doit ben y avoir des heures de visites dans ton affaire.

LOUIS DE GONZAGUE

Vous êtes juste pas sérieux.

LE GÉNÉRAL

Toi, t'es juste pas dans ton état normal.

CHI-CHI

Des Marie-Charles, y en aura d'autres.

LE GÉNÉRAL

Oui ! Pis de toutes les sortes, c'est ça qui est beau, l'infinie variété du choix. Pense aux nouveaux arrivages universitaires qui s'en viennent. Mi-août, début septembre, c'est dans pas long, ça.

LOUIS DE GONZAGUE

Ouin.

CHI-CHI

Toi, l'esprit libre, le subversif, le Billy Smith de la liberté, tu vois pus clair, mon vieux, t'obsèdes trop.

LOUIS DE GONZAGUE

Peut-être ben.

CHI-CHI

Tu t'illusionnes ben raide avec cette fille-là, tu l'sais comment t'es bon pour t'inventer des scénarios. Sers-toi donc de ton imaginaire pour nous divertir au lieu de t'empoisonner l'existence.

LE GÉNÉRAL

Ben oui, ton livre, ça avance-tu ? C'est rendu où, c't'affaire-là ?

LOUIS DE GONZAGUE

Pas loin loin.

LE GÉNÉRAL

Genre ?

LOUIS DE GONZAGUE

Genre une phrase.

CHI-CHI

Qui est ?

LOUIS DE GONZAGUE

Les jours allongent et les jupes raccourcissent.

LE GÉNÉRAL

Très bon, j'aime ça !

CHI-CHI

Moi, ça m'donne le goût de lire la suite.

LOUIS DE GONZAGUE

J'ai pogné ça sur Internet, c'est vraiment nul.

LE GÉNÉRAL

Bon, on sort-tu à soir ? Y a rien comme les bars pour retrouver l'inspiration.

CHI-CHI

On sort, *let's go*!

LE GÉNÉRAL

Les peaux baignées de chaleur, les démarcations de bretelles de robe soleil.

CHI-CHI

Aspirer une lèvre inférieure, caresser de sa paume une chute de reins, dégrafer un soutien-gorge inconnu, c'est pas de l'amour, ça !? C'est pas la vie !?

LE GÉNÉRAL

Deux filles qui font un soixante-neuf, complètement emportées par la fièvre de leur désir trop longtemps retenu.

LOUIS DE GONZAGUE

Les lèvres parfaitement dessinées, offrande musquée, irrésistible tentation alanguie sur le sofa crème de notre chance inouïe.

LE GÉNÉRAL

Bon, y va mieux! OK, gin *tonic* pour tout le monde !

CHI-CHI

Quand mes amis sont heureux, moi j'suis heureux.

LE GÉNÉRAL

J'vais réserver à neuf heures au La Cocotte, le chef est débile vous allez voir. Pas de stress, j'vous invite.

Neuf heures, c'est-tu bon ? Ça va me laisser le temps de *cleaner* le spa, on sait jamais.

CHI-CHI

Parfait !

LOUIS DE GONZAGUE

O.K. J'commencerai à écrire demain.

Sur ces bonnes paroles, mon esprit a la mauvaise idée de regagner mon corps. Retour difficile dans une carcasse brûlante comme le désert, amas de chair confus à la poursuite d'un mirage.

30
Nouveau départ

L'été est installé, tout est possible. Oui, je sais, je me répète, mais j'ai besoin de renforcement positif. J'ai besoin de me convaincre que le soleil brillera de nouveau et qu'il y aura d'autres coups de foudre en terrasse. Pour maximiser mes chances, j'ai pris d'assaut la cour arrière du Café Chouchou, lieu de prédilection des *hipsters* et salle de démonstration inégalée des produits Steve Jobs. « Tout détenteur de PC s'exposera à de fortes réprimandes », peut-on lire implicitement sur le front du personnel. J'incline mon écran de manière à y voir quelque chose. Autour de moi, les touches de plastique se répondent dans un concerto de claquements emportés. Tout le monde a la tronche de l'artiste et tout le monde a l'air inspiré. Je gagerais qu'ils sont tous sur Facebook à s'échanger des insignifiances du genre : « Voyage à New York dans trois dodos ! » ou « C'est-tu moi ou y fait chaud en ciboire ? » Je fais semblant d'être dans la lune pour reluquer les cuisses de ma voisine de gauche. Rien de bien sensationnel, mais comme j'essaie d'oublier Marie-Charles, je me force à apprécier ce que la nature met sur mon chemin. Je suis vite démasqué, et la fille, qui porte un t-shirt trop grand de Johnny Cash, me lance un regard de dédain qui sous-entend: «Si t'écris rien, va donc te promener dans un parc, nu sous un grand manteau.» Je fais comme si je ne m'en étais pas aperçu. Je ne perds pas la face. J'en profite pour m'étirer de tout mon long comme si les lieux m'appartenaient. L'air de dire: «Avez-vous vu ma gueule désabusée? Je suis ici comme dans mon salon.»

Pour me la jouer écrivain, et dans l'espoir de faire venir les muses, je fume une Lucky Strike (Original Red), souvenir parisien retrouvé au fond d'un tiroir. J'ai mis le paquet bien en évidence à la droite de ma souris. Je fixe la cible au centre rouge. «*It's toasted*», dit le slogan. *It's toasted?* C'est rôti? C'est grillé? Ça fume? Ça croustille? Ça goûte le pain doré? J'ai la tête qui tourne, genre mal des transports sévère, mais je persiste à inhaler profondément, persuadé que derrière l'état nauséeux se cache la grande illumination. J'expire nonchalamment. Je plisse les yeux. Je toussote. Je me sens devenir quelqu'un. Pour ajouter du relief à mon personnage, je me suis commandé une série d'espressos. Du gros calibre, opaque et bien serré. J'ai le pied gauche qui danse le Mia. La main droite qui pianote dans le vide. J'ai envie de me frapper le front sur le coin de la table, de me pendre avec les vignes grimpantes, d'apprendre le mandarin, de faire des mots fléchés. Tout sauf écrire. Je sens que le terrain de ma paranoïa latente est sur le point de se fendre et de déclencher un séisme de panique généralisée.

J'arrête d'analyser chaque mot. Au diable le lecteur, j'écris n'importe quoi, ce sera son problème s'il ne comprend rien. Ça définira mon style. Ça fera ma réputation. Une courte nouvelle d'une page et demie écrite en douze minutes et traduite en quarante-sept langues et dialectes, une tournée mondiale et des séminaires aux quatre coins de la planète. Pourquoi ne serait-ce pas possible ? Tout est possible de nos jours. Je me griffe le visage avec mon restant d'ongle. Je fais craquer mes doigts un à un en essayant de les arracher. Mon clavier blanc me fait de l'œil. Il me fait signe d'approcher, aussi subtil et invitant qu'une pute de quartier à la fin du mois. Je le caresse du bout des doigts comme un aveugle avec le braille. Plus je l'effleure, plus ça chatouille, et plus ça chatouille, plus l'agressivité monte, je me retiens de le marteler à coups de poing. Après le *dripping* de Jackson Pollock, j'inventerai le *punching*, une suite de lettres furieuses et désordonnées, issues de la rage meurtrière du dépossédé, de l'indescriptible douleur de l'auteur en panne sèche. Zruk+udj iasts dma2rut vfai?Y&tu,' : » uayge83ri vuiletÈ:I as tedopwrec$KHJTJS?YDHSA(F+F*YEHUACEFh ad8q4s0lakka8sjsssis8sj. C'est peut-être un peu trop avant-gardiste. Un tantinet révolutionnaire. Je doute que le milieu littéraire soit prêt à digérer autant de violence poétique, autant de liberté brute. De toute façon, il n'y a jamais eu de marché pour la vérité. L'exercice est pourtant libérateur, voire orgasmique. Toutefois, la période réfractaire est terrible. Honteux et dégoûté, je constate le gâchis, je me sens petit et ratatiné, tout englué de ridicule poisseux. J'ai la caféine dans le tapis et la frustration à *high*. Je suis l'aveugle de Thèbes sans les dons de voyance. Un Tirésias fou qui avance à tâtons vers l'ultime nulle part.

31
Les vertus de la sangria

J'ai commandé un pichet de sangria pour me ressaisir. Une mixture trouble d'agrumes « passés date » et de vin bon marché, rien de tel pour vous remettre les neurotransmetteurs en route. Et ça marche. J'ai déjà quelques bonnes phrases de départ et je sens monter en moi l'excitation du créateur inspiré. Histoire de ne pas savourer seul l'émergence de mon génie j'ai passé un coup de fil à Big Lord qui, toujours prêt à se dilater les vaisseaux sanguins en fin de journée, vient de faire son apparition sur la terrasse.

– Ah, là j'te reconnais ! que je lui lance avec la bonne humeur du travailleur satisfait.

– C'est quoi c't'esti d'café d'marde-là, as-tu vu la *crowd*? J'ai le goût d'vomir.

– La jeunesse, mon vieux ! Tu t'installes ici un après-midi, pis c'est comme une cure de jouvence.

– Attention de pas renaître avec un polo trop serré, pis une petite moustache fine !

– Le *sexy ugly*, c'est la nouvelle tendance mode, s'enlaidir pour mieux séduire. Penses-y. J'te regarde, pis t'as déjà un bout de chemin de fait.

– Bon, montre-moi donc ce que t'as écrit.

– O.K., mais c'est juste des pistes de départ, dis-moi honnêtement laquelle tu préfères.

– Vas-y !

– « L'aigle de fer survolait la ville mauve, rempli de perfides intentions. »

– On dirait un roman gothico-fantastique pour préadolescents. Des Indiens cybernétiques avec ça ?

– Ouin. J'essayais quelque chose. O.K. « Le froid qui pénétrait la carlingue éventrée le réveilla et il eut peine à ouvrir ses yeux tant le sang coagulé lui avait soudé les paupières. »

– C'est quoi, ça ? Une millième histoire de survivants qui vont finir par s'en sortir en se grignotant des bouts de derrière à tour de rôle ?

– T'as raison, y a trop d'action, ça me ressemble pas. Je t'ai gardé le meilleur pour la fin. « Ses escarpins noirs en cuir verni claquaient contre les tuiles lustrées de céramique espagnole. »

– Écoute, je veux pas te décourager, mais ça risque d'être mal interprété. Les sado-maso vont s'imaginer une histoire de gardien de musée ligoté qu'on force à sucer la pointe d'un talon haut, pis les amateurs de *chick lit* vont s'attendre à une héroïne en Manolo Blahnik qui rencontre l'amour de sa vie au parc Güell. Je pense pas que c'est ça que tu veux.

– Je sais pas. Je sais plus, dis-je en me prenant la tête.

– La littérature, c'est peut-être juste pas fait pour toi. T'es peut-être plus un manuel. Ça te tente pas d'aller goudronner des toitures au gros soleil ? Le travail physique, les résultats concrets, deux trois bonnes courbatures. Ton bonheur est peut-être là.

– Non, non, la voyante l'a bien vu que j'étais un auteur.

– La voyante !? O.K. J'pense qu'on va aller prendre une marche.

32

Rien comme le sport pour se changer les idées

Ouvrir une boîte de balles neuves figure à mon palmarès des plaisirs de la vie. Une joie fugace, mais intense. On croirait entendre quelqu'un inspirer pour une dernière fois, une impression de souffle coupé avant les vertiges de la chute libre. Vient ensuite l'odeur enivrante de la noblesse caoutchouteuse, le bon génie du sport enfin libéré de sa gangue de métal. Les plus avisés auront reconnu la boîte de Dunlop Fort homologuée FFT, l'incontournable des vrais amoureux du tennis. Je soupèse chacune des balles, mélange de rituel obsessif et de superstition maladive. Je les respire comme des fruits du marché, j'ose même un léger bécotage de bienvenue, hypocrite tendresse avant la séance de mauvais traitements à venir.

Le Douanier tchétchène me regarde, incrédule, en serrant les lacets de sa vieille paire de Converse violets. Le Douanier est le joueur le plus atypique que je connaisse. Une frustration sur deux jambes pour tous ceux qui osent se mesurer à lui. Il est extrêmement contrariant de s'incliner à tout coup devant un maigrichon en short de jeans qui manipule une Head des années 1980 au cordage fatigué avec une dextérité de chirurgien asiatique. Le Douanier se fout du code vestimentaire, il se contente de retourner tout ce qu'on lui envoie avec la régularité d'un canon à balles, rythmé comme un métronome, imperturbable comme le rocher Percé.

À chaque début de saison, je me promets de trouver sa faille et m'accroche à l'idée de remporter un *set.* Cet après-midi, je le sens bien. J'ai mon chandail fétiche à glissière et mon bandeau assorti, la technologie Michelin dans mes souliers et la libido exaltée du jeune pervers en période d'accalmie sexuelle forcée. Une semaine d'arrêt complet, c'est pas beaucoup et énorme à la fois. Je vais transposer mes pulsions sur le jeu, canaliser l'énergie de la bête en rut sur mon *passing shot.* Les grands entraîneurs sportifs ont toujours recommandé l'abstinence à leurs joueurs la veille des matchs importants, et ce n'est certainement pas pour rien.

33

Il n'y a pas de service au numéro que vous avez composé

– À l'endroit ou à l'envers? dis-je, stoïque et courtois.

– J'm'en fous, commence si tu veux.

L'arrogance du Tchétchène me tue. Sa nonchalance m'exaspère. C'est à se demander s'il éprouve du plaisir à jouer. Mon orgueil m'incite à débuter avec le service, ce qui pour moi ne constitue pas un avantage. Je n'ai pas de première balle. Je dois me contenter de deux deuxièmes balles prudentes qui ne présentent aucune menace réelle. Une véritable catastrophe, puisque le service est devenu l'arme nécessaire du tennis moderne. La même arme qui a permis à Andy Roddick de gagner le US OPEN de 2003 en remportant quatre-vingt-huit pour cent des points après sa première balle de service.

Le service est certainement le coup le plus complexe à exécuter. Il exige de la souplesse, de la coordination et une concentration à toute épreuve.

Sans compter la série de contraintes relatives au règlement et d'impératifs spatio-temporels qui peuvent influencer la technique. « Pendant toute la durée du service, le serveur ne doit pas changer de place, que ce soit en marchant ou en courant [...] ni toucher avec aucun de ses pieds toute partie du court autre que celle située derrière la ligne de fond[3] [...]. » Je me souviens des techniques apprises durant mes cours à l'adolescence, mais c'est au niveau de l'application que ça se complique. Je n'arrive pas à *slicer*, c'est-à-dire imprimer à la balle une rotation de droite à gauche et ainsi jouir de la force MAGNUS, étonnant résultat de la combinaison entre la résistance de l'air et la rotation de la balle sur elle-même. Quoi de mieux qu'un excellent service « sortant » pour décaler et ainsi surprendre l'adversaire droitier sur son revers. Pardonnez-moi. Je suis désolé. Mais je devais à tout prix vous soûler avec ces considérations d'ordre technique pour résister à l'envie de sombrer dans une dérive mentale érotique.

3. Statuts et règlements administratifs et sportifs, 2002, p.143-p.158.

34
Time out

Pas facile de se concentrer quand quatre retardataires viennent d'envahir de leur déstabilisante féminité le terrain voisin. Mais il est trop tard. Le mal est fait. Mes yeux ont vu et mon cerveau s'est mis en branle, pour ne pas dire qu'il se branle carrément. Notre partie n'est pas commencée, que je demande un temps d'arrêt. Le Douanier s'avance au filet avec son nez de condor et ses yeux d'illusionniste contrarié.

– Qu'essé qui s'passe, là ? Pourquoi tu sers pas ?

– T'as pas vu ?

– Quoi !?

– À côté.

– Ben oui ! Des corps de femmes. Des seins sous des camisoles, des toisons pubiennes sous des jupes en polyester, décroche, *man* ! T'as jamais vu ça !? Tu sors-tu de prison, coudonc !?

– Ben non, je…

– Y a d'autres choses que ça dans vie, r'viens-en.

– T'as raison… y a le soleil, la montagne derrière, le parc, les filles étendues… je veux dire, les écureuils !

– Bon, c'est bien ! Retourne au fond, pis pitche-moi ta similigarnotte.

– Attends un peu.

– Quoi !!?

– L'amour, c'est-tu possible ?

– On pourrait-tu philosopher après ?

– Non, mais j'ai besoin de savoir, sinon j'pourrai pas me concentrer, c'est-tu encore possible, tu y crois–tu, toi ?

– Pas vraiment. En tout cas, pas avec toi. Ma théorie, c'est que si ça marche pas fort su'l'terrain, ce s'ra pas mieux au lit.

– T'es vraiment innocent.

– Jusqu'à preuve du contraire. Envoye, au jeu !

35
Philosophie en fond de terrain

La séduction est un outil de motivation hallucinant. Je sers ma première balle avec style et précision. Un époustouflant canon pour épater la galerie, un missile Scud sorti de nulle part qui laisse le Tchétchène sans voix et me propulse à quinze-zéro. Tous les biologistes s'entendent pour dire que sur la liste des besoins fondamentaux de l'être humain, tout de suite après « se nourrir », il y a « se reproduire ». Une reproduction animale ayant pour but la survie de l'espèce et qui vise la plus grande diversité. Diversité que notre conscience humaine a la sagesse d'enrober du voile de la contraception. C'est en nous, une pulsion de vie, une façon de défier la mort, d'anesthésier la peur et de calmer l'angoisse. Pas étonnant que la pornographie ait autant de succès à l'échelle planétaire. L'animal dénaturé y trouve toute la diversité nécessaire à l'épanchement vital de ses besoins hormonaux.

Je prends bien le temps de choisir mes balles. Je les fais tournoyer dans ma main avec dextérité, un peu comme quand Agassi tentait d'épater Brooke Shields sur le Central de Roland Garros. Je gagne le temps nécessaire pour me permettre de reluquer la joueuse d'à côté qui, penchée au filet, se dandine d'une espadrille à l'autre. J'admire le pli de la fesse qui me sourit. Sa position est parfaite. Idéale pour permettre à sa partenaire de servir sans obstruction et pour se faire prendre en levrette entre deux sets. Double faute. Quinze partout. Je ne suis déjà plus là. Mon cerveau me manipule et le Douanier me fait courir. Combien d'hommes mariés ont laissé leur femme après avoir rencontré une fille plus jeune (et ce, même si cette dernière affichait une inculture crasse et un énorme tatouage celtique dans le bas du dos) ? Des milliers ? Des millions depuis que le monde est monde ? Combien de mensonges et de cachotteries se dessinent chaque instant dans le seul et unique but de permettre à celui qui s'en sert d'aller voir ailleurs et de forniquer en catimini ? Combien d'efforts dépensés à se bâtir des doubles vies ? Et tout ça pour goûter une fois de plus au piquant de la nouveauté et au plaisir de l'interdit. Pour consommer. Pour se sentir vivant. Le Douanier me retourne un terrassant revers en décroisé avec en prime un déficit de trois-zéro. Changement de côté et pause de deux minutes. J'enfouis honteusement mon visage dans une serviette de ratine usée.

– Si tu veux, j'peux jouer de la main gauche ! ?

– Va chier.

– Veux-tu ben arrêter de penser à ton supposé grand amour ? C't'une illusion, tout ça. T'as autant de chance de le rencontrer, pis que ça marche que de remporter un *set* contre moi cet été. À moins, comme j'te dis, que je joue de la main gauche ou avec une raquette de badminton. D'ailleurs, c'est ça qu'tu devrais faire avec les femmes, abaisser tes standards. Va voir la madame qui travaille à l'accueil, pis aime-la. Fais-lui tendrement l'amour dans sa cabane, dévore-la avec les yeux du cœur, sans jugement, sans restriction. L'âge pis le poids, c'est pas important. Après tout, le corps, c'est juste une enveloppe. Tu vas voir, ça va te faire du bien, pis en plus ça nous coûtera pas cher pour venir jouer. Veux-tu que j'y parle après la *game* ?

– Va t'placer, mon crisse, ça va finir six-trois.

36
Il y en aura d'autres

Je rotationne mes chevilles, je rotationne mon cou, je fais craquer les cordes neuves de ma Drive-Z, j'essuie mon manche et je déglutis une puissante rasade d'eau envoyée de très haut, avec audace et exubérance. Le tennis, c'est dans la tête que ça se passe, et dans ma tête en ce moment je me dis que tout le monde finit par tromper tout le monde, mais que tout le monde conserve le désir secret qu'avec «le» bon ou «la» bonne ce sera différent. Je ne me distingue pas des autres. Je me suis, moi aussi, fait prendre au piège, convaincu d'avoir trouvé le lumineux diamant. Ça fait bientôt un mois que je rêve, que j'espère le renouveau et l'accession à une autre étape. Que je romantise, que je roméoetjuliettise ma vie, ma rencontre au café et mon été si précieux au parfum de nostalgie adolescente. J'ai décidé de ne plus m'acharner. Je lâche prise, je laisse aller. Au diable la grâce londonienne et les lunettes extravagantes. Je me suis suffisamment bercé d'illusions. Je vais poursuivre ma route. Me perdre, engourdir ma déception dans l'éparpillement. Après tout, quel mal y a-t-il à être un jouisseur compulsif? un épicurien multiorgasmique? une âme errante et obsédée qui vivote et avance à cloche-pied? Et si cet été n'était pas l'été de ma vie? Il y en aura d'autres. J'aurai plus de temps pour écrire. C'est vrai, à ce qu'on raconte, l'amour, ça vous fauche une inspiration dans le temps de le dire. Maintenant, la liberté me tend les bras et le duvet blond des nuques qui miroitent au soleil m'aveugle sans ménagement.

Aveuglé par le duvet des nuques! C'est tout ce qui me vient à l'esprit pour justifier le massacre. Douanier tchétchène: quatre. Gonzague: zéro. Je demanderais volontiers un temps mort à l'arbitre pour changer de raquette, mais il n'y a pas d'arbitre et encore moins de raquette de rechange. Je vais me mettre à jouer plus court, le forcer à s'avancer au filet et l'humilier d'un lobe gracieux et fatidique. Je pense à Borg, surnommé l'Iceberg, le joueur capable des plus spectaculaires remontées. Je saute sur place en émettant de petits cris sourds, j'invoque sa ténacité et son impassibilité suédoise. Je sens bien la balle, je la frappe au milieu du tamis, dans le *sweet spot*, je la place le long des lignes et ça porte fruit. Le Douanier se frotte les yeux. Il a un nouveau joueur devant lui. Revers brossé à deux mains, amorti au filet, lobe profond et j'entends sacrer au loin. Le vent tourne. Quarante-zéro.

37
Tennis XXX

Pourquoi faut-il qu'à cet instant précis les filles du terrain d'à côté soient victimes d'un accès de chaleur soudain ? Le moment est mal choisi. Les camisoles tombent. Les jupettes s'envolent et les langues assoiffées se mélangent. La période d'échauffement est de courte durée. Les sexes gourmands, lubrifiés par les bienfaits du sport, se disputent désormais la raquette Prince *mid-size* à la prise rembourrée. Les tissus se gorgent et les corps agités s'agrippent au filet. Aussi hasardeuse soit-elle, l'intromission se fait avec douceur et délicatesse. On enchaîne les mouvements. On alterne les positions. Le quatuor en furie se désaltère à bouche que veux-tu à la fontaine du prochain. J'ai le gros nerf aussi tendu que les cordes de ma raquette. Les globes oculaires à mille lieues de leurs orbites. De toute l'histoire du tennis féminin, jamais un double n'aura été aussi enlevant. J'assiste au match de ma vie. Une juxtaposition de courbes à la Sharapova et de cris exaltés à la Seles se fond dans un grand chelem de succion débridée. Et les effluves capiteux de la jeunesse affolée de se déverser comme mille rivières de joie vers un fleuve d'allégresse.

Six-zéro. Une raclée monumentale qui, dans les hautes sphères où je plane, glisse sur moi comme sur le dos d'un canard.

38

Le narrateur amoureux – 2e partie

« Depuis sa parution en 1995, *Before Sunrise* était son film fétiche. Une romance à l'état pur, l'irrationnelle impulsivité de l'amour entre un jeune Américain et une étudiante française au cours d'un voyage en train. La magie des voyages, la beauté de l'Europe, la passion qui transporte ailleurs et qui fait tout oublier ne manquaient jamais de la faire chavirer. Elle aussi aurait aimé partir à la découverte d'une ville avec un inconnu. Se perdre dans les rues de Vienne et ne jamais retrouver l'écrasante banalité de sa vie d'adulte. Il faut bien l'admettre, les garçons qu'elle avait fréquentés jusque-là manquaient d'audace et d'originalité. Ils ne possédaient pas ce petit plus qui lui aurait donné envie de les suivre au bout du monde. Marie-Charles espérait secrètement que l'on vienne vers elle, qu'un faux téméraire bravant sa timidité lui avoue un jour son béguin.

« Il l'observait depuis longtemps. Il se sentait défaillir chaque fois qu'elle levait les yeux vers lui. Sa beauté le paralysait. Il souffrait de n'être qu'un client comme les autres. Un figurant, pâle et anonyme. Combien de fois s'était-il imaginé venir la chercher au café ? partir avec elle et faire des jaloux ? Il lui aurait confié tout ça à la lueur d'un lampadaire, les mains moites et les oreilles rouges, tout en jouant avec les cordons de sa veste. Ce garçon aurait une âme de romantique et un esprit désinvolte. Il posséderait un brin de cynisme et une certaine capacité d'autodérision. Un artiste. Pourquoi pas un auteur ? Elle aimait se laisser griser par le pouvoir des mots et persistait à écrire sur du papier à lettres aux personnes qui lui étaient chères. Sur sa table de chevet, les correspondances enflammées entre Alfred de Musset et mademoiselle Aimée d'Alton alimentaient l'espoir d'un grand amour à venir. Elle ne manquait jamais de s'y plonger avant d'aller au lit. "On a tant de force quand on se sent deux", écrivait le jeune Musset, spirituel et aveuglé, à sa Blanche Poupette.

« Elle croyait la même chose. Ils ne feraient pas l'amour le premier soir, mais se dévoreraient des yeux, se fixant tour à tour le nez, la bouche et les coudes en parlant sans s'arrêter. Au moment de se quitter, elle remercierait la terre entière de lui faire vivre pareil instant, et dans le regard humide de son prétendant, aussitôt l'étreinte du premier baiser terminée, lirait avec émotion la réciprocité de ses sentiments. Cette histoire resterait-elle seulement le fruit de son imaginaire ? Aurait-elle assez d'une vie pour offrir à son cœur celui qu'il mérite ? Ce littéraire des temps nouveaux, frondeur et passionné, était-il farfelu d'oser encore l'espérer ? »

Il est revenu me hanter. Ce pelé, ce galeux, ce maudit narrateur. Il me manipule. Il tire avec effronterie les ficelles de mon romantisme mal assumé. Je me réveille et ressens le grand vide de l'homme en train de passer à côté de sa vie. Je souffre. Ça me prend au ventre. La réalité me pèse comme un sumo distrait qui par mégarde se serait assis sur moi. Une douloureuse douleur. J'en ai assez. J'ai envie de faire une folie. Plus rien ne me retient. Mais je ne partirai pas en sauvage. Je compte bien écrire une note aux amis pour tenter de leur expliquer mon geste. Ceux qui ont déjà aimé comprendront, les autres je m'en fous.

39
Vers d'autres cieux

Le ciel m'apaise. Je flotte. Il y a quelque chose de grisant à commettre un acte désespéré. L'adrénaline prend le dessus et la douleur s'efface. Je fixe le long corridor parsemé de petites lumières. Mon corps se laisse transporter. Une force me tire vers le haut. Je me sens bien, malgré les circonstances. L'angoisse et les appréhensions me traversent sans laisser de traces. J'aurais cru l'expérience plus traumatisante. Être assis à côté d'un barbu malodorant dans la dernière rangée d'un Airbus A-320 plein à craquer n'est pas nécessairement la représentation suprême du mot « détente ». Je ne peux pas incliner mon siège. Une odeur de soufre intestinal mélangée à celle de la boule à mites me triture l'olfactif. Mon voisin affiche un incontestable surplus de poids et émet depuis le décollage un sifflement symptomatique d'alvéoles pulmonaires obstruées. Je regarde la rosée d'inconfort qui perle sur son front. Je réalise que j'inspire ce qu'il expire. Mauvaise idée. Bienheureux les inconscients, car ils ne savent pas ce qu'ils font. Je respire dans ma manche. De ma main libre, je roule deux minuscules boules de gomme prémâchée et me les insère dans les narines. Je songe à faire breveter cette méthode d'urgence en haute altitude. Je laisse la menthe polaire chatouiller mes sinus et masquer les effluves désagréables. Je ferme les yeux. Mon naturel commence à vouloir revenir. Il galope en ma direction.

– *Pourquoi es-tu parti ?* me lance mon ennemi intérieur.

D'ordinaire, je me répondrais à voix haute, mais le respect d'autrui me suggère le monologue intérieur.

– Je suis parti pour qu'on me prenne au sérieux. Pour qu'on réalise à quel point cette fille me hante. Pour attirer l'attention, pour me sentir vivant, pour provoquer les choses.

– *Ne te trouves-tu pas un peu ridicule ?*

– Non.

– *Mais encore ?*

Je déteste quand il s'acharne autant.

–C'est vrai, j'ai agi comme un suicidaire qui sait qu'il va rater son coup. Mon geste a quelque chose de désespéré, mais je me console en me disant que je suis moins pire que cet imbécile qui s'est étendu en pleine nuit au milieu d'un sentier de motoneige. Le pauvre est devenu quadraplégique et doit subir les regards embarrassés de tous ceux qui remarquent pour la première fois le logo John Deere qu'il a d'imprimé sur le front.

– *Cesse tes inepties et réponds à la question !*

– D'accord, je suis ridicule, t'es content ? Je me suis acheté un billet d'avion pour Marseille avec l'intention d'aller écumer une à une les fermes d'Aix-en-Provence au cas où elle s'y trouverait. On ne fait pas plus con. Je n'ai aucun jugement. Je suis une poule sans tête. Mais pour la première fois de ma vie j'avais envie de faire un geste inusité, un truc impulsif, de ne pas agir comme tout le monde. Parce qu'on va tous mourir un jour, tu sais. Et là, on sera tous pareils, bien égaux, bien inanimés. Identiques dans notre inexistence silencieuse et infinie. En attendant, ai-je le droit de sortir des rangs ? De faire différent ? De mettre un peu la raison de côté? Tu me fais chier avec tes questions, tu m'emmerdes, t'as une mentalité étroite, t'es petit, toutes tes décisions sont motivées par la peur. Dégage ! Moi, je fonce. Laisse-moi voler vers elle !

– *Tu seras le premier à le regretter et à m'appeler à la rescousse.*

– Fuck you !

Celui-là, je l'ai hurlé. Bien articulé, avec une belle projection. Pas étonnant que l'agente de bord soit apparue en catastrophe avec l'air habitué de celle qui apaise régulièrement les frustrés de la rangée du fond.

– Quelque chose ne va pas, monsieur ?

– Non, non, simplement un peu tendu, vous savez, être assis dans ce grand oiseau de fer qui à tout moment pourrait décider de battre de l'aile…

– Chuuuuuut !

– J'ai l'impression qu'un verre me calmerait, je dirais pas non à…

Elle n'attend pas la fin de ma phrase pour partir, ni le début de la suivante pour revenir avec trois petites fioles de whisky J & B. Elle me fait un clin d'œil et me souhaite bon voyage. Ce n'est pas pour rien que le slogan d'Air France est : « Faire du ciel le plus bel endroit de la terre. » Dans les airs, on n'aime pas les gens qui paniquent. Les agents de bord sont rigoureusement entraînés pour éteindre les feux et acheter la paix. Il me plaît d'imaginer que le pouvoir du passager est beaucoup plus grand qu'il ne le croit.

– Excusez-moi, mademoiselle, loin de moi l'idée de paraître grivois ou déplacé, mais je risque une sévère crise de panique si je ne fais pas l'amour dans les prochaines minutes.

– Si monsieur n'est pas rebuté par les endroits exigus, il me fera plaisir, une fois les couverts du dîner débarrassés, de relever la croupe et de cambrer les reins dans le cabinet d'aisance réservé aux membres de l'équipage.

40
L'heure est à la gravité

Je termine ma troisième minibouteille au goulot et en profite pour remercier les lois de la physique qui, en diminuant le taux d'oxygène dans mon sang, favorisent l'absorption de l'alcool et en augmentent les effets. Je suis en boisson. À mes côtés, Jabba the Hut s'est endormi. Un filet de bave venimeuse ruisselle aux commissures de ses lèvres. Comment cet avion fait-il pour tenir dans les airs? Juste pour tenir Jabba à bout de bras, la force de dix haltérophiles de calibre olympique ne serait pas un luxe. Je pense aux quarante tonnes bien massives de l'avion auxquelles s'ajoute le poids des passagers et de leurs effets personnels. Les valises à la limite du point de rupture, les intestins non vidés, les prothèses mammaires à l'eau saline, les souliers à semelle compensée, les anciennes obturations de plomb, les dents en or, les pubis non élagués, les saint-bernards encagés dans la soute à bagages, les mauvaises consciences, les remords, la tristesse, tout le poids du monde sur les épaules de ce bétail entassé et soucieux d'atteindre l'autre continent.

Et tout ça repose sur quatre réacteurs ? Quatre turbines surexploitées qui en ce moment se tuent à la tâche. Je les imagine fatiguées et à bout de souffle. Épuisées et avec derrière la tête l'envie d'en finir. J'ai l'impression d'en entendre une tousser.

– Pardon, mademoiselle, un moteur ne serait pas en train d'agoniser, là ?

– Non, monsieur, il n'en est rien. Une autre bouteille de whisky peut-être ?

– Oui, volontiers !

Me voilà bien engourdi. Si on s'écrase, je serai assez mou pour ne rien sentir. Je suis serein. J'affiche même un brin d'arrogance. Plus rien ne me fait peur. Et pourtant, il suffirait d'un léger soubresaut ou d'une poche d'air pour que je me mette à trembler comme une Madeleine (je sais que l'expression est « pleurer comme une Madeleine », mais en pleurant la Madeleine doit bien trembler un peu) et à croire en Dieu.

Pour l'instant, tout est calme. On vient d'éteindre les lumières pour la nuit. Je n'aurai certainement pas le loisir, d'ici l'atterrissage, d'entendre le commandant de bord annoncer d'une voix grésillante :

« Agents de bord, à vos strapontins. » De vivre des sensations fortes. De sentir la carlingue s'agiter. De voir les bagages à main se renverser. De palper l'angoisse collective. D'être le témoin privilégié des consciences qui se libèrent sous la panique. « Chéri, je t'ai déjà trompé ! » Ou le classique : « Maman, je suis gai ! » Je suis déçu. J'en aurais, moi aussi, profité pour confesser quelques trucs.

– Vous savez, je suis un égoïste de première catégorie. Depuis l'enfance que je m'observe le nombril à la loupe. Je m'écoute trop. Quoi d'autre ? Je n'ai jamais dit à mes parents que je les aimais. Jamais. C'est terrible, non ? Et pourtant, je les aime. Malgré tout, malgré leurs dysfonctions et malgré cette génétique inquiétante qui sommeille en moi. Je garde tout en dedans. Je me ferme comme une huître. J'ai érigé une barricade autour de ma sensibilité. Parce que sinon je passerais ma vie à sangloter en position fœtale, constamment ému par la fragilité des êtres. Je sais qu'il est paradoxal d'être aussi centré sur soi et de ressentir de la compassion pour les autres. Disons que je suis un altruiste cyclothymique à la fois sensible et monstrueux. C'est vrai, j'ai détesté des gens au point de vouloir les tuer. J'aurais aimé leur faire payer le prix de leur médiocrité, les punir pour avoir atteint leur seuil d'incompétence et surtout pour me mettre des bâtons dans les roues. Tous ces cons qui prétendent détenir la vérité, l'œil torve et le regard hébété dans leurs beaux habits de gens sérieux. En pensée, je leur astiquais les entrailles avec un pic de fer chauffé à blanc ou leur brûlais lentement le visage au fer à repasser. Chose certaine, il y avait du feu et de la souffrance.

« En amour, c'est pas mieux. Non, en amour j'ai tout gâché. Je suis un handicapé du cœur. Incapable de m'ouvrir et de me laisser aller. J'éprouve de sérieux problèmes avec l'intimité. J'ai encore en travers de la gorge la destruction d'un amour passé. Une plaie qui cicatrise mal. Une relation formidable avec une entité aux yeux jaune flamme. Une attendrissante créature. Une tortue des îles Galapagos devenue Palmipède, Poulmoupou, Fromagère, Fromadjiou, Ti-Moumou et Grignon. Autant de surnoms fantaisistes pour tenter de compenser une réalité amoureuse qui me dépassait. Je ne me pardonnerai jamais ne pas avoir été à la hauteur et d'avoir laissé filer l'animal. Par contre, j'ai bon espoir de changer. En ce moment, j'amorce une métamorphose. Oui, vous avez bien compris, une métamorphose. On doit bien apprendre de nos erreurs. Hein ? N'est-ce pas ? Qu'en pensez-vous ? »

Jabba the Hutt est demeuré muet, impassible. Les yeux fermés, il se contente d'un gazouillement intestinal en guise d'approbation.

Je m'apprête à commander une cinquième bouteille de whisky quand l'avion se met à s'agiter. Rien de bien inquiétant jusqu'à ce que le commandant de bord ordonne impérativement aux passagers d'attacher leur ceinture et au personnel en service de gagner les strapontins. La première poche d'air est suivie d'un grand « ohhh ! » collectif. La crise de Parkinson qui secoue l'appareil ne m'empêche pas de sortir mon stylo et d'écrire maladroitement sur une serviette de table. (Curieux sentiment de « déjà-vécu ».)

> « Je suis l'ahuri aux mains moites qui vole vers toi
> La tête haute, le cœur en flammes, l'âme aux abois
> Plus rien ne compte dans ce cylindre qui dégringole
> Je t'ai rêvée, ça, tu peux me croire sur parole. »

Je ne prends pas le temps de me questionner sur la valeur littéraire de mes derniers vers à vie. Si tout va bien, je tituberai jusqu'à la cabine de pilotage. Et avec un peu de chance, on acceptera de me lire sur la boîte noire.

41
Aussi vivant qu'une nature morte

Des poires, des pêches et une grappe de raisin déposées dans une assiette. Deux hommes à petite tête qui jouent aux cartes dans de grands corps. Des femmes rondes comme dans les publicités de Dove, immergeant leur sexe salé dans l'eau claire d'un étang. Trois squelettes sur une table en bois. Un jour je serai comme l'un d'eux, sec et fantomatique, immobile et cadavérique. Tout sera fini pour toujours. Je respire mal. Mon bras gauche picote. Je concentre mon attention sur des détails pour brider mon cerveau en panique. La peau rousselée d'un couple de touristes allemands. Leurs deux corps longs et laiteux qui se distendent dans la chaleur. Leurs lobes d'oreilles pendouillant comme des appâts de pêche. Une Italienne en ménopause qui se rafraîchit avec un éventail improvisé. La bordure de ses sous-vêtements qui transperce le coton d'une paire de shorts trop ajustés. La voix de la guide polyglotte qui se marie au craquement soporifique des planchers de bois. Les pachydermes hébétés qui la suivent comme des moutons. Des pommes et des oranges. Encore des fruits. Des montagnes de fruits qui ont l'air indigestes et poussiéreux.

L'expression « nature morte » résonne dans l'atelier Cézanne, sorte de minimusée en l'honneur du peintre impressionniste. L'expression « nature morte » me fait frissonner. Ça me fait penser à une bête éventrée qui agonise et se vide de son sang sur le bord de l'autoroute. Mais pourquoi diable peindre des fruits ? Cézanne s'ennuyait-il à ce point ? Si mon père était là, il me tirerait par l'oreille, il me traiterait d'inculte et me ferait remarquer les couleurs appliquées en fine couche, le jeu habile des contrastes, le travail avec la lumière, la composition rigoureuse et les formes affirmées. Je ne sens plus mon bras. J'ai la bouche sèche, les mains froides et le front moite. Je ne reverrai peut-être jamais mon père. Je vais mourir ici, à Aix-en-Provence, loin des miens, enterré par le chant moqueur d'une armée de cigales inconnues.

42
Tendre campagne

Ce matin, j'ai visité une ferme. Je l'ai choisie au hasard de la route, sans grande conviction, pour me donner bonne conscience et tenter de justifier un peu mon aventure. J'y ai trouvé une paysanne à grosse ossature, des poules en quantité, treize moutons, un chien rachitique, mais pas de Québécoise splendide éreintée par le travail manuel dans les champs arides de la Provence. Pas de Marie-Charles. J'ai bu une limonade à l'ombre d'un vieux parasol. J'ai fait crisser les cailloux sous mes pieds en déballant mon histoire à cette étrangère accueillante. Cette femme dont les yeux d'un gris empathique invitaient à la confidence. Un peu plus et je m'étendais de tout mon long, remontant aux souvenirs qui ont marqué mon enfance. Une douce conversation d'après-midi que je n'oublierai jamais. On aurait juré s'être connus dans une autre vie. Avant de partir, elle m'a regardé avec intensité. Elle a ensuite posé sa main sur ma poitrine. « Il ne faut pas croire que tout passe par ici, me dit-elle en pointant sa tête. Prends le temps de sentir les choses même si ça fait mal, et surtout, respire. » J'ai repris la route comme un vagabond, devant moi l'horizon était trouble. J'avais les larmes aux yeux.

43
Je me répète au Perroquet

Le soleil frappe fort dans la pinède. Le pastis encore plus. J'enfile les mauresques (Ricard et sirop d'orgeat) depuis bientôt une heure et demie à la terrasse du Perroquet. L'alcool est un redoutable antidote aux troubles de panique. Il permet de récupérer un peu avant la prochaine crise. On recommence à s'intéresser à la vie, aux détails, à la futilité d'une anecdote. Saviez-vous qu'Aix-en-Provence est reconnue comme la ville la plus romantique de France? Rebaptisée Sexe-en-Provence, c'est l'endroit où l'on retrouve le plus de boutiques de lingerie fine par habitant. Je songe un instant à toutes ces guêpières dissimulées sous de sobres vêtements. Je n'en ressens aucun trouble. Je m'inquiète. Une autre mauresque s'impose.

Le perroquet en néon vient de s'allumer. L'enseigne lumineuse et multicolore brille au milieu de la Grande Place. La fontaine fait jaillir ses arches blanches et arrose les alentours d'une bruine rafraîchissante. Les serveurs se faufilent. Les passants s'agitent. Les chiens trottent. Et ma chaise de bistro a la mauvaise idée de se prendre pour un cheval de carrousel. Je n'arrive plus à fixer un point sans qu'il disparaisse. Je m'accroche à mon stylo. À l'aéroport, je me suis acheté un cahier avec l'idée d'en faire un carnet de voyage. Je ne l'ai toujours pas ouvert. Je cherche encore à inscrire un titre sur la page couverture. « Notes de voyage. » « Journal d'un fleur bleue en Provence. » « Les confessions pathétiques d'un amoureux meurtri et exilé. » « Gribouillis informes d'un cloporte loin de chez lui. » « Notes nulles et inutiles d'une nullité navrante. » « Les titubations vomitives d'une loque en décomposition. » « Les ostie de singeries d'une grosse crisse de marde. » Je n'ai pas eu la chance de pousser ma recherche du juste titre plus loin, la fontaine m'appelait. Je me suis levé d'un trait sans demander la permission. Il aurait sans doute été plus poli de me rendre à la mairie chercher une autorisation. Répandre sur la place publique son goûter du midi n'est peut-être pas perçu comme un gage d'appréciation partout dans le monde.

44
Faire l'amour

J'ai quitté Aix-en-Provence pour Marseille. La frénésie et le bourdonnement de la grande ville me font sentir encore plus seul. J'envoie un courriel laconique aux amis: «Au secours!» avant de descendre l'abrupte rue Curiol qui mène à la Canebière, le Broadway de Marseille. Je ne m'y trouve pas par hasard. Je me suis renseigné. La rue Curiol doit sa réputation aux nombreuses filles de joie qui y monnayent leurs charmes depuis belle lurette. Je vais peut-être réussir à secouer un peu ma libido. À force de trop vouloir dompter l'éparpillement pornographique de ma pensée, j'ai l'impression d'avoir tué l'animal, et cette torpeur qui m'habite, cet abattement à la limite de l'apathie, ne me dit rien qui vaille.

Je viens de recevoir mon premier sourire. Femme noire, la quarantaine, excède son poids santé d'une trentaine de livres, *jumpsuit* violet extensible et rouge à lèvres assorti. Elle m'invite du doigt. On jurerait qu'elle m'attend depuis toujours. J'ai le sentiment d'être son meilleur ami. « Faire l'amou, faire l'amou !? » qu'elle me lance avec toute l'assurance et la douceur du monde. Pourquoi ne pas foncer ? Pourquoi ne pas briser la barrière, casser les préjugés, plonger et m'investir avec cette femme d'expérience ? Lui faire l'amour avec désir et conviction. FAIRE L'AMOUR. Ériger avec elle, brique par brique, le plus beau sentiment du monde. Aller ailleurs, vivre autre chose, surprendre, et déstabiliser la famille au prochain réveillon. J'écrirais dans notre petit studio. De la fenêtre, je l'observerais en train de repousser un à un les chalands. Nous nous enverrions la main. Unis envers et contre tous, soudés par un amour sans limite et exempt de jalousie. La force gravitationnelle m'attire vers le bas et m'empêche de refaire ma vie. Ça descend raide. Et plus ça descend, plus la moyenne d'âge remonte. Le terrain est si escarpé que les tapineuses s'accrochent au montant des cadres de portes. Leurs tabourets y sont retenus par des chaînes. Des sosies féminins d'Alice Cooper en porte-jarretelles rassemblent leurs lèvres minces pour m'envoyer des signaux. Je leur envoie à mon tour des messages codés en clignant des yeux. « Non merci. Stop. Ne me sens pas dans mon assiette. Stop. Une autre fois peut-être. Stop. » De l'autre côté de la rue, une sexagénaire en baby doll tout droit sortie de Return of the Living Dead s'engueule avec un passant.

– On me doit le respect ! Je fais le plus vieux métier du monde, moi, monsieur !

– Oui, et à ce que je vois, vous l'exercez depuis le début.

L'homme est fier de sa réplique. Curiol tire à sa fin. J'aperçois la Canebière qui s'écoule comme un fleuve agité. Au fond de moi, l'envie profonde de m'y noyer.

45
Il y a un début à tout

J'entre à la libraire Bonne Occasion dans l'espoir d'une illumination. L'endroit a des allures de caverne rassurante. Une grotte aux idées qui sent les feuilles mortes et le tabac vanillé. Une bonne librairie de livres usagés, comme dans les films français. Les allées sont sombres et exiguës. Comme des termitières improvisées, des monticules de livres poussent un peu partout. Malgré le tintement de la clochette, le commis n'a pas relevé la tête et garde le nez dans son journal. J'ai envie d'ouvrir tous les romans et d'y lire les premières phrases. Je suis curieux d'y découvrir l'incipit tant redouté. Celui-là même qui impose le rythme, qui donne le ton et qui envoûte le lecteur. Celui-là même qui manque à l'élaboration de mon grand projet littéraire.

Je tâtonne à la recherche des maîtres incontestés. Mon instinct me dirige vers Marcel Proust – *Du côté de chez Swann*: « Longtemps, je me suis couché de bonne heure. » On sent tout de suite que l'œuvre sera monumentale, et ce, malgré l'impression que le narrateur est mollement avachi sur des coussins pourpres et vêtu d'un pyjama de satin à rayures. Longtemps, comme dans très longtemps. Très longtemps, comme dans l'interminable et éternelle éternité. Toute l'enfance au ralenti, tous les tourments et toutes les lassitudes synthétisés en quelques syllabes. « Longtemps, je me suis couché de bonne heure. » Ça sent l'arôme du lilas blanc qui s'infiltre à travers les persiennes et les riches boiseries en acajou, la cire chaude et les tourments du cœur. Couché de bonne heure, réveillé tôt, l'œil frais et la stoïque masculinité au garde-à-vous.

On sent les plis du polochon sur la joue blanche et virginale du jeune premier, conquérant sans complexes à qui le monde appartient. Et tout ça tient en une seule et unique phrase. Brillante. Limpide. Proust, tu m'emmerdes. Va chier. Prout prout Proust !

Je rajoute une couche à ma jalousie. Albert Camus – *L'Étranger*: « Aujourd'hui, maman est morte. » Et vlan ! Un jet de plume sans fioritures qui va à l'essentiel. La mère morte. Comme une vague qui vous engloutit. Quatre mots, une virgule et le tableau est brossé. Jaune comme la lumière de l'astre, blanc comme un nuage au-dessus de la Méditerranée. À l'image du héros, la phrase se dresse, simple et dépouillée, indifférente, éloignée du verbiage de la populace. Elle se tient à l'écart. J'ai de plus en plus chaud et la chaleur aiguise mon obsession.

Je n'ose pas ouvrir Flaubert, j'attrape Louis-Ferdinand Céline. *Voyage au bout de la nuit*: « Ça a débuté comme ça. » Je suis battu. Je me sens petit. « Ça a. » L'auteur crache d'entrée de jeu sur la grande littérature. L'oralité frappe comme une arme de poing en plein ventre. On sait tout de suite qu'il ne fera pas dans la dentelle pour décrire les bassesses et les ignominies de la nature humaine. Une fois de plus, le ton est donné. Où vais-je trouver la force d'écrire après tout ça? « Tout a été dit, mais pas par moi », se racontent les plus optimistes. Je quitte les lieux davantage aveuglé qu'illuminé. Aveuglé par le talent des légendes qui fanfaronnent toujours depuis leur tombeau. Dehors, il y a la mer et le soleil, les poissonniers rentrent leurs étals et un mendiant aveugle chante un air joyeux.

46
La vie sans moi

Dans le port, les voiliers au repos sont alignés comme des enfants de chœur. Coques blanches et mâts dénudés, nobles et indolents, se bercent au soleil. Il est trois heures de l'après-midi. La ville dort. Une femme voilée brise le silence à grands coups de « Mounir ! ». Le fantôme de Marcel Pagnol vient de faire une jambette à son fils de huit ans. Mounir, le visage en sang, hurle son mépris de l'humanité comme un réfugié de la bande de Gaza. Il maudit le ciel et traite « d'enculé de sa mère » l'auteur de *Manon des sources*. Tout en haut de la colline, Notre-Dame de la Garde, la « Bonne Mère » des Marseillais, observe la scène d'un œil réprobateur. Elle a tout vu. Pagnol s'excuse et repart la tête basse. Mounir crache une incisive et se relève, l'œil mauvais. Je noircis la première page de mon cahier, emporté par la fraîcheur de ma 1664 pression et le goût velouté de mes Philip Morris légères. Je reprends mes esprits. Je réalise ma chance. Ma chance d'être là. Ma chance d'être en vie. De n'être pas né handicapé. De sentir, de toucher, de goûter. La nature m'a suffisamment choyé pour me permettre d'assouvir mes pulsions sexuelles avec des femmes au physique agréable. Je suis suffisamment intelligent pour me débrouiller de par le monde. Je suis libre de partir me faire voir ailleurs. Je peux dormir nu à la belle étoile, cultiver la terre, jouer de la guitare, amalgamer les saveurs, pétrir la pâte, égrainer du haschisch et pénétrer la muqueuse.

J'accepte à bras ouverts le cadeau de la vie. J'accepte de n'être qu'une goutte d'eau dans l'océan. De n'être que poussière d'étoiles. Du pollen au vent qui bientôt retournera vers le grand néant. Qui ne sera plus rien pour toujours et à jamais. Jamais comme dans « à tout jamais ». Tout comme dans « jamais plus du tout ». Je ne sens plus mes jambes. Va-t-on continuer à manger de l'onglet à l'échalote sans moi ? Je rentre une fourchette dans ma cuisse pour me réanimer. Y aura-t-il des événements festifs après mon départ ? Mes poumons n'alimentent plus mon cerveau. Mon cœur bat à tout rompre. Il veut quitter ma poitrine. Fuir le bateau avant son naufrage. Je n'accepte pas de manquer quelque chose. Je dois trouver un moyen de tout faire sauter. Semer une zizanie mondiale pour que tous et chacun rendent l'âme en même temps. Voir se dessiner dans le ciel le gros portobello nucléaire et saliver. Plus d'agrément pour personne. L'équité complète. Justice pour tous. «Justice pour tous» fut mon dernier cri avant de m'effondrer entre deux chaises, dans l'anonymat le plus complet.

47
Mon heure n'est pas venue

Un apothicaire français, rougeaud et rassurant, m'a recommandé de rentrer à la maison. « Vous n'avez pas bonne mine, cousin ! » Dans mon état de sensibilité à fleur de peau, me faire appeler cousin m'a fait chaud au cœur. Le type m'a aussi fait cadeau d'une boîte de Xanax, « un anxiolytique à ne pas mélanger avec de l'alcool », a-t-il pris soin de préciser. Sa pharmacie sentait bon l'eucalyptus et les onguents orientaux. Je m'y serais étendu dans une allée et me serais laissé « bandeletter » comme un pharaon.

Je tente un suicide déguisé : me promener dans un vieux quartier populaire avec un chandail des Girondins de Bordeaux, le rival numéro un de l'OM, l'équipe de foot chérie des Marseillais. Je m'attendais à me faire trucider à coups de couteau par des loubards fanatiques. Je n'ai eu droit qu'à une tomate pourrie de la part d'un vieil Arabe acrimonieux. Je l'ai évitée de justesse. Quand votre heure n'est pas venue.

Dans le café Internet, ça sent la sueur, le Coran et le plastique fondu des PC d'après-guerre. Entre huit messages de veuves sud-africaines éplorées qui me promettent vingt-deux millions en échange de mon numéro de compte en banque, il y en a un du Général Tidéchet: « Ici tout va bien. L'arrivée massive des trésors de la rentrée universitaire bat son plein. Si par hasard tu te décidais un jour à rentrer à la maison, ce serait gentil de me rapporter des pochettes de lavande, tu mets ça dans tes tiroirs, pis le linge sent super bon ! Prends-en aussi pour toi pis Chi-Chi, regarde pas la dépense, c'est moi qui régale. » Je me sens mou et cotonneux. Le Xanis (mélange de pastis et de Xanax) est le cocktail de l'été. Je le recommande à tous ceux qui s'en font toujours trop pour rien. Je lève mon verre à la France et à l'absence de soucis. Montréal me manque. *Salud ! Cheers ! Prost !* Alléluia !

II

1
Someone like you

– On fait un jeu. Je zappe les postes, le premier qui nomme le titre ou l'interprète.

– O.K. T'es bon à ça ?

– Pas pire.

– T'as intérêt.

– J'aime ta confiance. O.K., c'est parti ! je lance en appuyant sur *scan*.

– *Picture of You ! The Cure !*

– Ayoye !

– Je t'avais prévenu.

– Un à zéro. Prochaine…

– Shania Twain !

– Euh… attends… je connais le titre… c'est euh…

– *That Don't Impress Me Much* !

– Wow ! T'es une machine.

– Pis chu pas encore réchauffée.

– Bon, y faut que j'me réveille. O.K., *next* !

– Beethoven, Mozart, Schubert, Mendelssohn… une symphonie quelconque !

– Le classique compte pas.

– Amènes-en une autre d'abord. J'aime ça !

– Attention ! Dans trois, deux, un…

– *Someone like you.* Van Morrisson. Mille neuf cent quatre-vingt-sept, l'album *Poetic Champions Compose.*

– Là, tu me dépasses, vraiment, je…

– C'était la chanson préférée de mon père… j'ai pas de mérite. Laisse-la jouer un peu s'il te plaît.

– De toute façon, j'abandonne. Trois-zéro en moins de trente secondes, t'es trop forte pour moi.

La 240 DL trace son chemin sur l'autoroute 87 et Van Morrison chante des paroles que j'entends pour la première fois. « *I've been searching a long time, for someone exactly like you. I've been travelling all around the world, waiting for you to come through.* » Dans moins de quinze minutes, nous atteindrons Albany, capitale obscure et anonyme de l'État de New York. Le moment est parfait. Et quelque chose me dit que cette chanson sera la nôtre.

Je prends une gorgée de Gatorade couleur lave-vitre et la regarde somnoler. Ses pieds nus sont posés sur le tableau de bord. J'accomplis une série de gestes inutiles. J'ajuste le rétroviseur. Je pousse d'un millimètre vers la gauche le bouton de la climatisation.

Je remets le compteur à zéro. Je dirige les opérations avec un naturel désarmant. Je siffle. Moi qui me suis toujours promis de ne jamais siffler, convaicu que seuls les imbéciles heureux pouvaient émettre des sons la bouche en cul-de-poule. J'agis avec tout le naturel et toute la suffisance du monde. Comme si tout cela m'était dû. Comme s'il était normal que sur le cuir terni du siège passager repose, envoûtant et assoupi, le corps délicieux de Marie-Charles.

2
Retour en arrière

Les jours qui suivirent mon retour de Marseille furent teintés par la désillusion et le désarroi. J'avais pourtant entrepris des actions concrètes dans le but d'échapper à ma morosité nombriliste. Le lundi, je participais à un cours de yoga, et le mercredi, je rendais visite à un octogénaire Alzheimer dans un foyer pour personnes âgées. Tenter de faire le vide dans la position du cobra inversé m'irritait tout autant que les lamentations incohérentes de mon nouvel ami de quatre-vingt-deux ans. J'avais remplacé le Xanis par le Janax (Jameson et Xanax) et j'anticipais la fin de ma boîte de calmants avec une terrible anxiété. Les heures passaient, les amis s'inquiétaient, l'inspiration n'existait plus et, comme un taureau blessé qui voit rouge, septembre fonçait droit sur nous.

3
D'amour et de calories vides

Première escale au chic établissement de restauration rapide Denny's. Les mouettes tournoient au-dessus des tables où se goinfrent sans retenue d'immenses pachydermes. Amoncellement de chairs informes bien entretenues aux gras trans. L'Amérique dans toute sa morbidité lipidique. Triples mentons, masses abdominales, cellulite et vergetures fusent de tout bord tout côté. Un véritable carnaval de diabète et de foies engorgés. Je nous trouve beaux et en santé. Dans sa robe soleil, Marie-Charles est une fleur au milieu des décombres. Ses épaules miroitent au soleil. Sa jugulaire me fait de l'œil. Je meurs de faim.

– J'adore les jeux de mots. En fait, je les déteste. Pour être honnête, j'adore les détester, dis-je en prenant une bouchée de mon sandwich Moons Over my Hammy.

– Moi aussi, ça me rend folle. À côté de chez moi, y a le salon de coiffure Line et Yan.

– …?

– Avec le signe du yin et du yang juste à côté.

– Ouch !

– Y pensent-tu vraiment qu'en voyant le nom je vais me dire : « Wow ! Mais c'est du pur génie ! Y faut que j'aille me faire couper les cheveux là ! » ?

Cette fille est une bénédiction. Ses élans de sarcasme me font frissonner de bonheur. Avec l'insupportable saxo de musak qui envahit la terrasse, j'aurais normalement envie de m'ouvrir les veines. Mais je ne me suis jamais senti aussi bien de toute ma vie. Je vois de la poésie dans les moindres détails. Dans ses doigts qui froissent le papier ciré de son hamburger, dans les flaques de liqueur séchées au sol, dans les effluves de poubelles, et même dans les éructations bien senties de notre voisin de table. Je la regarde, l'œil étincelant, avec mon sourire de Joconde postorgasmique.

– J'en reviens pas encore, me dit-elle.

– Quoi ?

– De ce que t'as fait.

– Je te jure que c'est la première fois que je faisais ça, réponds-je, ému.

4
La beauté du hasard

J'avais le poids du monde sur les épaules quand je l'ai aperçue. J'avais aussi ma face de zombie tourmenté accro aux anxiolytiques. Elle était seule au bout de la rangée et semblait préoccupée par l'achat d'une crème émolliente. Elle me parut plus petite que dans mon souvenir. Sans ses grosses lunettes, elle était différente. Plus réelle. Plus lumineuse. Encore plus belle. Elle portait une camisole blanche avec une jupe en jeans. Elle était là. Nous y étions. Deux corps baignés par une cruelle lumière de pharmacie. Deux corps que plus rien ne séparait. Pendant qu'elle lisait les ingrédients d'un ultrahydratant aux extraits de bourgeons de peuplier, j'ai fait ce que personne au monde n'a jamais fait. Je me suis approché et je l'ai prise dans mes bras. À la manière d'un trentenaire fatigué et sans défense qui laisse tomber sa garde, j'ai enlacé une étrangère au beau milieu d'un Jean Coutu.

J'avoue avoir été audacieux en la prenant dans mes bras. J'avoue aussi avoir été chanceux qu'elle ne me repousse pas ou qu'elle ne me balance pas un coup de genou dans les parties. Mais il arrive que le doberman ne morde pas l'enfant qui lui tire les moustaches. L'animal sent qu'il n'est pas menacé et que sa victime est innocente. Je me souviens de lui avoir déballé mon sac sans retenue. Je n'ai jamais été aussi transparent. J'étais en proie à une logorrhée sans fin. Une cascade d'aveux sincères. Elle s'est contentée de me regarder en souriant. Elle m'a demandé mon numéro de téléphone et elle est partie. Deux jours plus tard, je recevais un texto. «J'aurais envie d'aller à la mer, tu viens avec moi?» Elle m'aurait écrit: «J'aurais envie d'aller marcher pieds nus dans un dépotoir de Buenos Aires» que j'y serais allé. Et nous sommes partis, comme ça, à la hâte, sans trop nous connaître, propulsés par la beauté du hasard et l'absurdité de la vie.

Je l'observe comme on observe une célébrité qu'on a la chance de voir de près. Je la détaille du coin de l'œil. J'emmagasine les images. Son nez qui plie légèrement lorsqu'elle parle. La finesse des ses doigts qui font le tri dans ses frites. Ses oreilles, petites et délicates. Son lobe absent de toute mutilation, symbole de l'enfant convaincue et entêtée qui a toujours refusé de se faire percer les oreilles. La veine de son front qui se gonfle quand elle rit. Chacun de ses mouvements ravit l'espace qu'elle occupe. Sa structure moléculaire dépasse l'entendement. Et je n'ai toujours pas effleuré sa main. Je n'ai pas respiré dans son cou. Nous ne nous sommes pas embrassés.

5
L'inquiétante couleur de la nuit

– Chu jamais allée travailler dans le sud de la France.

– Ah non ?

– Non. J'ai inventé ça pour quitter ma job. Pour qu'on me pose pas de questions.

Je n'aime pas le ton qu'elle prend. On dirait que la nuit vient de changer de couleur, et les reflets de la lune sur son visage ont quelque chose d'inquiétant.

– J'attends les résultats d'une biopsie.

– …

– En juin, j'me suis découvert une bosse au sein gauche. J'ai passé une mammographie, pis mon médecin a insisté pour pratiquer une biopsie, y avait des doutes sur une masse cancéreuse, y voulait pas prendre de chances.

– Je comprends, c'est sérieux.

– Je sais, mais j'ai paniqué. Chu super peureuse. J'me suis pas présentée au rendez-vous. J'ai fait l'autruche pendant un mois et demi. Je retournais pas ses appels. Je me suis enfermée chez moi, roulée en boule à me faire toutes sortes de scénarios.

– Tu sais, j'aurais sûrement paniqué moi aussi.

Je la regarde jouer nerveusement avec sa bague et j'ai envie d'arrêter la voiture pour la serrer contre moi.

– La semaine dernière, j'en ai eu assez de vivre dans l'angoisse. J'ai téléphoné. J'm'en fous, c'est fait! On m'a prélevé un p'tit morceau, j'aurai des nouvelles d'ici une semaine ou deux. Je pense plus à ça, j'ai juste envie d'aller à la mer, pis de m'oublier un peu.

J'aurais aimé répliquer quelque chose de fin, un mot d'esprit sensible et rassurant pour détendre l'atmosphère.

– Ça va aller.

– C'est pour ça que... ben, quand tu m'as prise dans tes bras à la pharmacie, j'arrivais de la clinique. J'ai eu l'impression qu'un ange fondait sur moi.

Ses yeux s'embuent. Les miens aussi. Et on se regarde le visage embrouillé en souriant comme on peut.

6
Avalon

Le parasol vient de partir au vent pour la troisième fois. J'ai beau y mettre tout mon poids, la tige est trop courte, le sable trop fin et le vent trop fort. L'Américaine *topless* au teint de nicotine qui est passée à deux doigts d'être éborgnée par le projectile fulmine encore dans mon dos.

– Quand on a un mauvais karma, vous savez, les objets s'en prennent à nous, faut pas se surprendre ! *Sorry miss !* que je lui lance avec le plus beau des sourires hypocrites.

– *It's okay, it's okay, but keep an eye on it!*

Au loin, je regarde Marie-Charles s'ébrouer dans l'eau glacée de l'Atlantique avec quelques enfants courageux. « Je vais aller faire mourir l'intrus d'hypothermie », qu'elle m'a dit avant de détaler. Je n'aime pas son humour. Ce corps si pur ne peut pas abriter le mal. Cette nuit, je l'ai regardée dormir, sagement étendu à côté d'elle. Et j'ai rêvé de ganglions. Des monstres globuleux avec des bouches énormes qui s'ouvraient sur des dents longues comme des couteaux. Je les trucidais de mon épée laser et les regardais exploser, puis dégouliner sur les murs dans un concert de lamentations stridentes. Elle m'envoie la main comme si elle me quittait pour toujours, sur le pont d'un paquebot. Je lui renvoie son salut, faisant à mon tour de grands signaux exagérés. Nous sommes deux gamins sur une plage du New Jersey. Deux gamins seuls au monde, bercés par une chaude mélancolie de fin d'été.

Marie-Charles se sèche au soleil et de mon côté je tourne distraitement les pages de mon livre. Derrière mes verres fumés, je jette un œil admiratif sur sa poitrine et sur ce sein qui, ma foi, cache bien son mal de vivre.

– Tu portes plus tes grosses lunettes? je demande, aussi curieux qu'un premier de classe.

– Non, je les mettais seulement pour travailler. Y avait pas de force dans ces lunettes-là. Je me créais un personnage. Comme ça, j'avais pas l'impression d'être serveuse dans un café.

– Elles t'allaient bien. Je t'avais baptisée la serveuse londonienne aux lunettes surdimensionnées.

– Pourquoi londonienne?

– Comme ça, pour le style. À cause de ton attitude. Pour ta grâce urbaine à la limite du snobisme déroutant.

– Mets-en pas trop, veux-tu.

– Si je me retenais pas, j'en mettrais encore plus.

– J'aime beaucoup le livre que tu m'as prêté. J'en avais déjà entendu parler, mais j'avais jamais rien lu d'elle.

– Elle a écrit ça vers dix-huit ans, t'imagines ? C'est fou le talent. Moi, j'aime le titre : *Bonjour Tristesse.*

– Moi, j'aime son style. C'est frais, ça me fait du bien. La vie facile, les voitures sport, le soleil, y a comme un mélange d'indifférence et d'oisiveté, c'est à la fois cynique et sensuel. Toi, ça raconte quoi, ton truc ?

Elle vient de résumer le livre en quelques mots, avec une précision et une justesse désarmante, tandis que je regardais une goutte d'eau descendre de sa bretelle à son nombril.

– Ton livre, ça raconte quoi !?

– C'est l'histoire d'un gars qui s'installe dans une petite ville du sud des États-Unis et qui a soif de vengeance. Beaucoup d'alcool, de jeunes filles et de sexe !

– Ç'a l'air bon ! Tu me le prêtes après ?

– Oui, bien sûr.

– T'as l'air avancé, tu lis vite.

Je lis pas vite. Je lis pas pantoute. Je t'observe. En venant à la plage avec toi, je savais que je n'aurais aucune concentration pour la lecture. Apporter un livre que j'ai lu et relu quatre ou cinq fois depuis l'adolescence était un choix stratégique.

– Boris Vian, ça se lit bien. Ça coule tout seul, pis en plus c'est écrit gros.

– Veux-tu des cerises ?

Elle a ouvert son sac glacière d'un geste à la fois spontané et méthodique. Elle avait insisté pour qu'on achète des fruits, pour éviter qu'on succombe aux sucreries dégoulinantes des vendeurs ambulants. Les cerises sont goûteuses. Je les croque à demi et j'observe la chair avec une minutie de moine contemplatif. Elle est très foncée. Rouge grenat ? Rouge bordeaux ? De toute évidence, pas rouge cerise. J'extirpe le noyau gluant du bout des dents comme on ferait disparaître une masse suspecte. Je montre à Marie-Charles comment le propulser sur une longue distance en le pinçant entre le pouce et l'index. Cette fille est douée, car elle atteint du premier coup le monticule humain, trois serviettes de plage devant nous.

7
Notre raison de vivre

– As-tu peur de mourir, toi ? qu'elle me demande en essayant de toucher la cible de nouveau.

– Depuis ma première crise de panique à quatre ans et demi, j'ai toujours eu peur que mon cœur arrête de battre. Je comprends pas très bien comment cet objet mou fonctionne. J'aurais dû faire mes sciences, tu me diras.

– Regarde Ozzy Osbourne, pis dis-toi que la machine est solide.

– T'as pas tort.

– Pourquoi on tient autant à la vie ?

– Parce que c'est tout ce qu'on connaît ! Parce qu'on a pas envie d'aller ailleurs. Surtout pas envie de partir pour un endroit où plein de gens sont allés sans jamais émettre le moindre commentaire positif.

– J'accepte pas de perdre tout ça, dit-elle en balayant l'horizon avec sa main.

– Moi, je suis surpris de voir qu'autant de gens se prennent au sérieux. Y faut pas être un peu con pour s'investir autant? Accumuler des richesses. Vouloir être le plus beau. Se fâcher contre le matériel. Entretenir de la jalousie. Se tuer au travail.

– Les gens s'étourdissent pour ne pas avoir à penser.

– Je trouve la vie trop absurde pour nourrir de grandes ambitions, et pourtant je m'accroche à une stupide idée de roman.

– T'écris ?

– Disons que j'ai essayé.

– Moi, j'ai commencé à peindre. Je fais vraiment n'importe quoi, mais ça me détend.

– On rêve tous d'être des z'artisses. Des minidieux qui souhaitent refaire le monde. Quelle prétention !

– On est bien peu de chose.

– On est rien du tout.

– On est pas un peu *deep*? dit-elle avec un sourire en coin.

– Je vais emprunter les raquettes aux enfants làbas, et on va aller jouer sur le bord de l'eau. Tant qu'on a pas fait cent coups sans manquer on va devoir rester. Tu vas voir, ça va devenir notre obsession, notre raison de vivre.

– O.K., mais prépare-toi, ça se peut qu'on soit encore ici à Noël.

8
Jamais

Un *horseshoe crab* vient de s'échouer sur le dos. Un petit attroupement le regarde pédaler dans le vide. Un monsieur moustachu explique aux enfants qu'il serait risqué de retourner l'animal, car la carapace est couverte de piquants. Ça sent les algues et la noix de coco. Le vent transporte une bruine rafraîchissante. Une vieille dame s'essaye avec difficulté au *boogie board*. Une mère appelle son fils pour lui mettre de la crème solaire. Le spectacle m'attendrit. J'ai l'impression d'être cet enfant absorbé par la construction de son fort. J'ai l'impression d'avoir cinq ans. J'aimerais sortir de l'eau et que ma mère m'attende avec une grande serviette de ratine bleue. Me laisser frictionner dans ses bras caressants sans avoir le moindre souci. Exister sans l'ombre d'un doute. Je ne serai jamais un adulte. J'aurai toujours besoin que quelqu'un soit là pour me tenir la main.

9
Dernier tour

Le jour se couche sur le parc d'attractions. Nous sommes seuls dans notre nacelle, et du haut de la grande roue le soleil est une boule de crème glacée à l'orange qui se laisse avaler par l'océan. Marie-Charles regarde au loin, concentrée comme si elle tentait de percevoir une musique dans l'écho de la mer et une poésie dans les effluves de fritures sucrées. L'opérateur, une bête tatouée au chandail manches trois quarts de Mötley Crüe, vient de nous immobiliser au sommet pour faire monter des passagers.

– On est un peu comme dans *Before Sunrise*, dis-je pour calmer ma nervosité et du même coup faire référence à la scène où Ethan Hawke embrasse Julie Delpy.

– Je connais pas.

– Maudit narrateur, je marmonne pour moi-même.

– Qu'est-ce que tu dis?

– Non, non, rien.

– Et y se passe quoi dans ton film?

– En fait, c'est l'histoire d'un gars et d'une fille

qui se sont rencontrés en voyage et ils se retrouvent comme nous dans la grande roue en fin de journée. Le gars a l'impression de vivre un moment unique, il fait référence au coucher de soleil, au manège, en fait, il tourne autour du pot dans l'espoir…

– Que la fille l'embrasse, dit-elle en posant tout d'abord sa main sur la mienne pour ensuite obliquer le visage et presser sa bouche en fruit contre mes lèvres.

Je laisse le contact se faire. Tout doucement. Sans forcer les choses. Je bois la chaleur de son souffle. J'obéis à une force qui me dépasse. Aspirer l'autre, vouloir s'y fondre. Opérer d'instinct une série de mouvements synchronisés. Le ballet de nos langues me grise. Je suis noyé en elle et je ne cherche pas à m'en sortir. Je vis l'expérience optimale, celle qui occupe tous vos sens et votre concentration. Celle qui vous mobilise tout entier. Elle mordille. Je comprime. On accélère. On ralentit. J'inspire quand elle expire. Autour de moi plus rien ne compte. Les adeptes du bonheur vous diront qu'il n'y a que dans ces moments-là que l'on peut être heureux. Détachés du reste du monde, amoureux de l'instant présent.

Je ne saurais dire pourquoi notre baiser a pris fin. Nous avions certainement besoin d'une pause. Besoin d'un peu de distance pour redécouvrir le visage de l'autre et s'enflammer de nouveau. Marie-Charles me sourit. On se regarde sans parler tandis que le monde extérieur reprend ses contrastes.

Que représente ce baiser? Le désir? L'amour? Le besoin de confirmer un pouvoir de séduction? Le démon qui contrôle mes pensées reprend du service. À quoi ressemblera la suite des choses? Nous ne nous embrasserons plus jamais pour la première fois. Nous apprendrons à nous connaître. Nous tisserons des liens solides. Nous passerons l'éponge sur les défauts de l'autre. Nous échafauderons de sérieux projets à long terme. Et si elle mourait emportée par la maladie? Je n'oserais plus croire en l'amour. Incapable de survivre à son départ, je me suiciderais pour aller la rejoindre.

Je me demande si je n'ai pas cherché l'estime qu'il me manque dans le regard d'une inconnue. Si je ne vibre pas uniquement à l'idée de la conquête. Si je n'ai pas besoin de souffrir pour me sentir exister.

Je réalise que le moment est mal choisi pour tout remettre en cause. J'ai encore envie de sa bouche. De retourner m'oublier en elle. Serons-nous un couple à la sexualité épanouie ? Éviterons-nous les pièges de la routine ? Fonderons-nous une famille ? Résisterons-nous à l'aliénante migration vers la banlieue ? Je n'ai pas envie d'échanger des banalités avec un voisin au crâne dégarni. Encore moins d'emprunter sa tondeuse et de suivre ses conseils de cuisson sur le barbecue. Saurais-je me contenter d'une seule femme ? D'un seul amour ? Je ne me vois pas vivre dans le mensonge et mener une double vie. Le mot mastectomie me glace le sang. Et si cette épreuve m'amenait ailleurs et me permettait de grandir ? D'aimer véritablement et au-delà des apparences ?

Nous nous marions à l'église. J'ai des sueurs pendant la cérémonie. Le voisin au crâne dégarni m'envoie la main. Sa femme me fait un clin d'œil coquin. Je dois passer chercher les enfants qui ont la picote chez les beaux-parents. Le cancer récidive. Ma femme perd ses cheveux. Nous avons du plaisir à parler littérature, mais nous ne faisons plus l'amour. Je me fais prendre en flagrant délit de cybersexe avec la fille du voisin. Je n'ai jamais été aussi heureux en couple. Cette sécurité affective me donne des ailes et m'ouvre les portes de la création. Je publie mon premier *best-seller*. Le voisin au crâne dégarni est contrarié par le bruit de mon filtreur à piscine. La guerre est déclarée. Marie-Charles a un amant.

Je mets un terme à mes fabulations en prenant son visage entre mes mains. Nous sommes seuls au monde. Cliché comme ce n'est pas permis. Beaux et candides comme deux trisomiques.

La grande roue se remet en marche et un régiment de goélands volent au-dessus de nos têtes. L'escouade déploie ses ailes et forme dans le ciel rose romance un immense cœur de plumes. Et je vous demanderais, pour une dernière fois, de bien vouloir accepter tout ce que je vous raconte.

L'utilisation de 1909 lb de FSC-SILVA EDI 106 plutôt
que du papier vierge réduit votre empreinte écologique de:
Arbres: 16
Eau: 44 243 L
Émissions atmosphériques: 1027 kg
Déchets solides: 468 kg

C'est l'équivalent de:
Arbre(s): 0,3 terrain de football américain
Eau: douche de 2 jours
Émissions atmosphériques: émissions de 0,2 voiture par année

MARQUIS
Marquis imprimeur inc.

Québec, Canada
2010

FSC
Recyclé
Contribue à l'utilisation responsable des ressources forestières
www.fsc.org Cert no. SGS-COC-003153
© 1996 Forest Stewardship Council
100%